我が人生の応援歌《エール》

—日本人の情緒を育んだ名曲たち—

藤原正彦
Masahiko Fujiwara

小学館新書

はじめに

「日本は歌で満ちている」とは、ポルトガルの作家モラエスの言葉である。明治中期に海軍軍人として来日し、その後ポルトガル国神戸総領事となった。楚々《そそ》とした芸者おヨネと結婚し、おヨネが亡くなった翌年には、外交官を辞し、おヨネの墓を守ろうと徳島に移り住んだ。その後、故国に一度も帰ることなく、日本と日本人に関する多くの作品を残した。その分析の深さはラフカディオ・ハーンに優るとも劣らない、と言われている。「魚売りは天秤棒《てんびんぼう》をかつぎながら歌い、大工は屋根の上でトンカチしながら歌い、主婦は歌いながら川で洗濯し、兵隊は歌いながら行進し、子供たちは歌いながら登下校する。こんな国はどこにもない」と彼は賛嘆したのである。

確かに我が国には、情緒深い自然に培《つちか》われた情操豊かな人々がいて、彼等好みの情緒溢《あふ》れる歌が多くある。諸外国に比べ、格段に多くある。唱歌、童謡、子守歌、歌謡曲。子供向けの歌でさえ、そこはかとない淋しさを湛《たた》えたものが多い。中世日本文学を貫く「もののあわれ」が滲《にじ》んでいるのである。

『赤蜻蛉《あかとんぼ》』（夕焼、小焼《こやけ》のあかとんぼ　負はれて見たのはいつの日か……十五で姐《ねえ》やは嫁に行《ゆ》き　お里の便りも絶えはてた）、とか『花かげ』（十五夜お月さまひとりぼち　桜吹雪の花かげに　花嫁すがたのお姉さま　俥《くるま》にゆられてゆきました）など、哀愁のこもった歌ばかりである。他方、外国の童謡を見ると、イギリスの『ロンドン橋落ちた』、フランスの『きらきら星』や『アビニョンの橋で』、ドイツの『かえるの合唱』、チェコの『おお牧場は緑』、アメリカの『線路は続くよどこまでも』や『メリーさんの羊』、と明るいリズムの曲がほとんどだ。

明治大正期の尋常小学校唱歌、『青葉の笛』（一ノ谷の軍《いくさ》破れ　討たれし平家の公達《きんだち》あわれ……）はしみじみとした短調の曲だが、これを日本語を知らない英国人女性の前で歌ったことが二度ある。どちらの女性も「とても悲しい歌ですね」としんみりした口調で言った。

昭和十四年の『古き花園』（古き花園には　想い出の数々よ　白きバラに涙して　雨が今日も降る）を、アメリカにいた頃、ガールフレンドに歌って聞かせたことがある。彼女は「何て淋しい歌なの」と言い、涙ぐんだ眼で私を見つめた。歌詞が分からない外国人にとっても、これら日本の歌に秘められた情緒は胸に響くものなのだ。

世界に例を見ないこのような歌が、我が国に大量に残されているというのは、何と幸せなことだろう。宝物とも言うべきこれら日本の歌が、文化遺産として子々孫々へと受け継がれて欲しい、と強く思う。『青葉の笛』は、祖母が幼い頃に尋常小学校唱歌として習ったものであり、母が祖母から教わり、私が母から教わったもので、三人一緒に歌った歌でもある。三世代が一緒に歌える歌のある国は幸いである。

私はこれまで、歌を何かにつけ口ずさみ、歌ってきた。楽しい時、辛《つら》い時、哀しい時、淋しい時、元気を出したい時、元気過ぎるのを抑えたい時、恋に酔いしれている時、失意に打ちひしがれている時、と人生の様々な場面で歌ってきた。

四年ほど前、私が日本の歌に詳しいのを嗅《か》ぎ取った『サライ』の編集者が、私に連載を依頼してきた。「好きな歌を月に一曲ずつ選び、それにまつわる思い出を語って欲しい」ということだった。大好きな歌のことについて話せるのなら、と快諾した。それらを集めたのが本書だが、気がかりなことが二つある。読者に「歌好き」は分かってもらえても、「歌のうまさ」は分かってもらえそうにないということだ。もともとは音痴だった私だが、長年歌い続けた結果、極端にうまくなったのだ。本書の読者が私の美声に酔いしれ感涙に咽《むせ》んでくれないのが残念だ。これは編集者の責任である。彼は私が歌に詳しいことは熟知していても、泣く子も黙るほどの美声であることにはついに気付かず、私の歌をCDとして付録につけるという、販売効果絶大の提案をしてくれなかったのである。

二つ目は、これまでに私が歌ってきた歌を公にしたうえ、思い出までを語るということは、シャイな私にとって、公衆の面前でストリップをするようなものであった。しかも、私の軟弱で、女々しい面を人目にさらすことにもなり、「武士道精神の権化《ごんげ》」とか、「時代遅れの日本男児」として通ってきた私の勇名を汚《けが》しかねない。

ただ、本書を手に取るような賢く上質の趣味を持つ読者は、「古武士の剛毅《ごうき》と、内面に秘められた女々しさとが相まっての異常な魅力」と思ってくれるだろう。

私は本書に集められた、私を造った歌が、読者一人一人を造った歌でもあることを願っている。そして、一人一人がそんな歌を歌い、自らの人生の軌跡をたどることにより、山あり谷ありながら、振り返ればなかなかよい人生だった、と感じていただければうれしい。また若い読者の方は、父母を造り祖父母を造った文化に触れ、自らの成り立ちを知っていただければ望外の喜びである。

我が人生の応援歌《エール》
——日本人の情緒を育んだ名曲たち——

目次

第1章

春

——小諸なる古城のほとり

小諸なる古城のほとり　雲白く遊子悲しむ

数学者が、なぜ詩歌について語るのか。疑問に思う読者もいるかも知れない。ありあまる（はずの）教養をもち、古今東西の文化に通じている（はずの）私にとって、詩歌を語ることは得意領域（のはず）だ。そこで詩歌に関する本を書くつもり、と女房に言ったら、「エーッ」と疑念に満ちたいやらしい声をあげた。女房には私を過小評価し、私の自信を「根拠なき自信」と考える癖がある。

女房の如《ごと》き読者がいないとも限らない。また、長い内外での教員生活を通し、丁寧な説明を日頃より心がけている身でもある。数学と詩歌の関係を多少説明してみたい。

日本の詩歌は、諸外国の詩歌と比較しても、非常に〝美しい〟。とりわけ美的感受性に優れている。

数学において、何が最も重要かというと、実はこの「美的感受性」なのである。

数学者が「数学」や「定理」と向き合う時、「世の中の役に立つか」などということは

千曲川《ちくまがわ》旅情の歌

島崎藤村

小諸《こもろ》なる古城のほとり
雲白く遊子《ゆうし》悲しむ
緑なす蘩蔞《はこべ》は萌《も》えず
若草も藉《し》くによしなし
しろがねの衾《ふすま》の岡辺《おかべ》
日に溶けて淡雪《あわゆき》流る

あたゝかき光はあれど
野に満つる香《かおり》も知らず
浅くのみ春は霞《かす》みて
麦《むぎ》の色わづかに青し
旅人の群《むれ》はいくつか
畠中《はたなか》の道を急ぎぬ

暮れ行けば浅間《あさま》も見えず
歌哀し佐久の草笛
千曲川いざよふ波の
岸近き宿にのぼりつ
濁《にご》り酒《ざけ》濁れる飲みて
草枕しばし慰む

通常頭の片隅にもない。美しい理論か。美しい定理か。これだけだ。ただ不思議なことに、歴史的には、美しい理論や定理ほど、後世になってから実用にも役立つのである。

例えば、古代ギリシャで発見された直角三角形に関するピタゴラスの定理だ。斜辺をaとし、他の二辺をb、cとする時、$a^2=b^2+c^2$という簡潔で美しい式だ。幾何学的好奇心と美的感受性に導かれて発見されたこの公式がなければ、家一軒すら建てられない。というより、建築や土木が一切できなくなる。

〝美〟とは、かくも素晴らしきものなのである。そして〝美〟は、日本人の心である詩歌に見出されるのだ。

素数の美しいリズム

『千曲川《ちくまがわ》旅情の歌』は島崎藤村《しまざきとうそん》が、明治三十三年（一九〇〇）、二十八歳の時に発表したものである。まだ小説『破戒《はかい》』や『夜明け前』を発表する前である。

〈小諸《こもろ》なる古城のほとり
雲白く遊子《ゆうし》悲しむ〉

五七調の美しいリズムだ。

五七五七七の短歌、五七五の俳句がそうであるように、日本人は古来、五七調、七五調を好んできた。このリズムは血肉となって、私たちの中で息づいている。

数学的に言うと、5と7は「素数《そすう》」である。素数とは、自分自身と1以外に約数のない数字のことである（例えば、素数の5を割り切るのは、5と1しかない）。

俳句の文字数を足すと、5＋7＋5＝17になるが、17も素数。短歌の場合も、5＋7＋5＋7＋7＝31となり、この31も素数だ。なんと美しいことか！

つまり日本人のリズムは、「素数」で成り立っているのである（これを発見した時は、自分の天才にしばし声を失った）。この大（あるいは珍）発見は、残念なことに私しか唱えていない。だからこの文章を読んでいる皆さんは、世界で二番目にこの大発見を知ったことになる。

藤村が『千曲川旅情の歌』を書いたのは、日清《にっしん》戦争と日露戦争の間の時期である。「眠れる獅子《しし》」と呼ばれていた清（中国）を相手に、日本は世界を驚愕《きょうがく》させる勝利を収めた。

明治維新後の西洋化で、日本はそれまでの自国文化を否定してしまっていたが、この勝利によって自信を取り戻し、日本本来の文化のゆりもどしが起こった。

その時、藤村は信州・小諸《こもろ》で教師をしていた。西洋詩の翻訳ではない、新しい日本の詩を――。そういう思いの中で生まれたのが、『千曲川旅情の歌』である。

私は幼い頃、信州・諏訪《すわ》で育ったので、藤村が詠んだ小諸の風景を、まざまざと思い浮かべることができた。中学生の時にこの詩を知り、それ以来、暗唱している。

言うまでもないが、私は自信家である。仮に、私以外のすべての人間が「間違っている」と指弾したとしても、自分が正しいと思ったら絶対に引かない。

こんな私でも、他人に気圧《けお》される時がある。イギリスのケンブリッジで教えていた頃、何かにつけて公式ディナーを催された。そんな折、ノーベル賞受賞者三、四人に囲まれることがある。こんな時には自信家の私でも、ヨーロッパの知性というものに気後れし、圧倒されそうになる。

そんな時には決まって、『千曲川旅情の歌』を心の中で唱えた。最終の段の、

〈暮れ行けば浅間《あさま》も見えず
歌哀し佐久の草笛〉

のところまで暗唱すると、「そうだ、俺はあの草笛を聞きながら、信州の美しい自然、美しい情緒の中に育ったんだ！　お前たちに、この情緒はあるまい」と、みるみる自信が回復し、「どうだ」と周囲を睥睨《へいげい》したものだ。そして翌日からまた阿修羅《あしゅら》の如く、研究に邁進《まいしん》したのである。自分の情緒を確認できる、愛唱歌とか愛唱詩を持っていると、人生の剣が峰で役に立つ。

信州育ちという縁で、小諸市が主催する「小諸・藤村文学賞」の選考委員を何年か務めたことがある。選考会が開かれるのは、「中棚荘《なかたなそう》」という老舗旅館で、この旅館の一室で、藤村は『千曲川旅情の歌』を著したという。私は選考会の前日はいつもこの宿に泊まり、藤村に倣《なら》って〈濁《にご》り酒《ざけ》濁れる飲みて〉、千曲川の流れに、わが目を楽しませた。

ところが、ある時、この旅館と千曲川の間に、県営団地ができていた。藤村の見た情景は、何の変哲もない団地に遮《さえぎ》られてしまったのである。慨嘆したが後の祭りだった。藤村の詩を知らぬ役人の仕業《しわざ》だろう。唇に歌がなければ、日本の美しい自然さえ、やがて失われてしまう。

《遂に、新しき詩歌の時は来りぬ》と、20代の島崎藤村は多くの詩を発表する。「千曲川旅情の歌」は20代の藤村を代表する詩で、『明星《みょうじょう》』の創刊号（明治33年）に「旅情」という題で発表された。のちに自選詩集『藤村詩抄』で「千曲川旅情の歌　一、二」としてまとめられた（今回は一のみ抄録）。

●島崎藤村《しまざきとうそん》　明治5年生まれ。明治から昭和時代初期にかけての詩人・小説家。明治30年、詩集『若菜集』で新体詩人として名声を得、小説『破戒《はかい》』で自然主義文学の代表的作家となった。

暁寒き 須磨の嵐に 聞えしはこれか

桜や紅葉が見頃の時期になると、私は京都に行く。必ず立ち寄るのが、桜と紅葉の名所・金戒光明寺《こんかいこうみょうじ》だ。浄土宗開祖の法然上人《ほうねんしょうにん》が開いたという格式のある古刹《こさつ》である。熊谷直実《くまがいなおざね》ゆかりの場所でもある。

熊谷直実は、平安末期から鎌倉にかけての武将で、源氏の一員として源平合戦を戦った。直実を有名にしたのは「一ノ谷の戦」である。源平の合戦で、平氏は次第に追い込まれ、一ノ谷（現・神戸市）に陣を構えた。北は急峻《きゅうしゅん》な山がそびえる天然の要害で、南の海を船で固めた平氏方の守りは盤石だった。

そこに攻め入る源義経は、あえて遠回りして北の山に進む。山上に出た義経は、地元猟師から断崖《だんがい》を鹿が下るとの話を聞き、「だったら馬もいける」と、一気に崖《がけ》を駆け下り、平氏を急襲した。「鵯越《ひよどりごえ》の逆落とし」だ。予想外のところから攻められた平氏は大混乱に陥り、逃げ惑った。

青葉の笛

作詞：大和田建樹

一の谷の　軍《いくさ》破れ
討たれし平家の
公達《きんだち》あわれ
暁寒き　須磨《すま》の嵐に
聞えしはこれか
青葉の笛

更《ふ》くる夜半《よわ》に　門《かど》を敲《たた》き
わが師に託せし
言《こと》の葉《は》あわれ
今わの際《きわ》まで　持ちし箙《えびら》に
残れるは
「花や　今宵」の歌

海に逃げていく平氏、その中の武将のひとりに向かい、「背中を見せて逃げるとは卑《ひ》怯《きょう》」と、源氏の荒武者、熊谷直実が声をかける。「わかった」と戻った武将は直実と戦うが、すぐにねじ伏せられてしまう。直実が兜《かぶと》を取ってみると、「年十六七ばかりなるが、薄化粧して、かね黒なり。我子の小次郎がよはひ程にて容顔《ようがん》まことに美麗なり」（『平家物語』）。かね黒とはお歯黒《はぐろ》のことである。見るからに高貴な青年武将だ。今流に数えれば満十四歳の平敦盛《たいらのあつもり》であった。

『青葉の笛』の一番、

〈一の谷の　軍《いくさ》破れ　討たれし平家の　公達《きんだち》あわれ〉

この〈公達〉とは敦盛のことだ。敦盛は平清盛《きよもり》の甥《おい》という名門中の名門。高貴さに気圧《けお》された直実は、「いかなる人にてましまし候《そうろう》ぞ。なのらせ給《たま》へ、たすけまいらせん」と迫るが、敦盛は「名のらずとも頸《くび》をとて人にとへ」と言う。首をしかるべき人に見せれば、すぐに自分の名が分かる、というのだ。直実は同年齢の息子のことを思い出しつつも泣く泣く首を切る。のちに、敦盛を討ったことを悔いた直実は出家し法然に帰依《きえ》する。その場所が金戒光明寺なのである。

敦盛は腰に笛を差していた。これが「青葉の笛」である。祖父・平忠盛《ただもり》（清盛の父）が鳥羽院《とばいん》より賜《たまわ》った由緒ある笛で、「小枝《さえだ》」ともいう。

〈暁寒き　須磨《すま》の嵐に　聞えしはこれか　青葉の笛〉

合戦の早朝、敦盛の笛が風にのって源氏の武士にも聞こえていたのである。

「敦盛の最期」はのちに、能や歌舞伎になるが、日本人なら誰もが涙にむせぶ場面だ。この『青葉の笛』を、日本語の分からないイギリス人女性の前で歌ったことが二度あるが、二人とも「何と哀しい歌」と言っていた。この歌が秘める底深い哀愁は万国共通なのだろう。

母方の祖母も、母も、『青葉の笛』が好きだった。祖母は明治時代に「尋常小学唱歌」で習い、母は祖母から習い、私は二人から習ったのだ。祖母、母、私が『青葉の笛』でつながっている。三世代が一緒に口ずさむ歌を持つ国は素晴らしい。品格のある国と言ってもよい。今の日本に、そんな歌があるのか少々心配である。

文武両道こそが武士

二番の歌詞の主役は平忠度《ただのり》。清盛の異母弟だ。歌詞の〈わが師〉とは歌人の藤原俊成《しゅんぜい》のこと。忠度は平氏が都を落ちていく途中で、危険な京にとって返し、夜中に師匠の門を敲《たた》く。〈言の葉《ことのは》〉――自らの詠んだ和歌を託すためだ。忠度は結局、一の谷の戦で戦死した。〈箙《えびら》〉（矢筒のこと）には、和歌を記した紙が結びつけられていた。

師・俊成は自身が撰者となった勅撰《ちょくせん》和歌集『千載《せんざい》和歌集』に、忠度から託された歌を一首、載せている。鎌倉幕府の敵であった忠度の名を出すことができないので、「詠み人知らず」としてだが。

〈さざ波や志賀の都はあれにしを昔ながらの山ざくらかな〉

敦盛の笛といい、忠度の和歌といい、日本の武士は文武両道だった。武士道と西洋の騎士道とは極めて似ているが、ここが両者の最も大きな違いだ。西洋の騎士は「詩歌は女々《めめ》しいもの」と思っていたのである。日本人は万葉の時代から、庶民が歌を詠んでいた。世界のどこにも見られない、「情緒と文芸の民」なのである。日本では明治以降も、軍人の東郷平八郎や乃木希典《のぎまれすけ》が見事な漢詩を詠んだ。

私も、こうした文武両道の伝統を受け継ぐ者として、数年前に笛を習うことにした。

調べてみると、横笛には、龍笛《りゅうてき》や篠笛《しのぶえ》があり、「青葉の笛」は龍笛だったようだ。簡単に言うと、装飾も美しい貴族の笛、龍笛が簡略化され庶民の間に広まったのが篠笛である。敦盛並みの高貴な私は、当然、龍笛を習うべきと思っていたのだが、女房が「あなたは百姓でしょ」と言って、勝手に二人分、篠笛講座に申し込んでしまったのだ。

二十人ほど集まった京都での講習会、全員正座をして待っていると、和服姿の妙齢の京美人が入ってきた。本日の講師である。

先生に言われる通りに皆が笛を持ち、両手で穴を押さえ、吹いてみたのだが、なかなか音が出ない。と、誰より早く私の笛が美しく鳴った。篠笛も天才なのかと、隠れた才能に喜んでいると、隣の女房が、「それ、本当?」と聞いてくる。念のため、十センチほど笛を離して吹いてみた。同じ美しい音が出た。口笛だった。

私の敦盛ばりの美貌に気づいたのだろう、先生は真っ先に私の指導に来てくれた。私の顔から十センチほどまで顔を近づけて、「穴の中に吹き込むのではなく、穴の上を滑らすように吹いてください」と言う。言われた通り思い切り吹くと、先生の髪の毛がさっと舞い上がった。先生は慌てて顔をのけぞらせた。音は出なかった。

明治39年、小学4年生の教科書「尋常小学唱歌」に掲載された。当初は『敦盛《あつもり》と忠度《ただのり》』という題だったが、のちに『青葉の笛』に改題された。作曲は、『一寸法師』『キンタロウ』などを作曲した音楽教育家の田村虎蔵《とらぞう》。作詞は、〈汽笛一声新橋を～〉の『鉄道唱歌』で知られる詩人の大和田建樹。

●大和田建樹《おおわだたけき》　安政4年（1857）生まれ。独学で詩・歌・国文などを学び、東大講師、東京高師教授などを歴任。東京女高師教授の傍《かたわ》ら、散文、韻文集などを出し文名をあげた。明治33年発表の『鉄道唱歌』は一世を風靡《ふうび》した。享年53。

つよくあきらめ 忘りょとすれば

『誰《たれ》か夢なき』は昭和二十二年（一九四七）のヒット曲で、焼け跡に建てられた中央気象台官舎で、唯一の娯楽、ラジオから流れていたのを、うっすら覚えている。出だしの印象的なフレーズ、

〈想いあふれて　花摘めば
白い指さき　入日《いりひ》がにじむ〉

は、その後も何度か耳にした。ただ、若い頃は〈想い〉が少しもあふれてこなかった。欲望のほうは、あふれていたとしても……。

五十歳を過ぎた頃だろうか。

この歌を耳にして、突然、ハッと胸が詰まった。あふれる想いに打たれたのである。

熱い想いを胸に、女性があざみを摘んでいる。その白い指先に赤い入日がにじんでいる。この世のものとも思われない美しさに、うっとりしてしまった。

誰《たれ》か夢なき

作詞：佐伯孝夫

想いあふれて　花摘めば
白い指さき　入日《いりひ》がにじむ
あざみなぜなぜ　刺《とげ》持つ花か
たとえ　ささりょと
ああ　誰《たれ》か夢なき

森の梢《こずえ》に　照る月も
くもれ男の　切ない涙
つよくあきらめ　忘りょとすれば
声が　またよぶ
ああ　誰か夢なき

あわれ彼《か》の君　いま在《ま》さば
何で離りょう　離されましょか
伊豆の紅ばら　湯槽《ゆぶね》にちらし
すがる　おもかげ
ああ　誰か夢なき

愛がまことの　愛ならば
慕うこの花　あの花二つ
結ぶ都の　優糸柳《やさいとやなぎ》
春よ　輝け
ああ　誰か夢なき

〈ああ　誰か夢なき〉

万葉の昔から、「誰」は「たれ」だった。江戸の頃より「だれ」に変化したらしいが、文語調のこの歌は「たれ」となっている。

〈誰か夢なき〉とは、「夢がない人なんているだろうか」という問いかけである。

誰もが、幼い頃からさまざまな夢を抱き、それに向かおうとするが、夢のほとんどは実現せず消えてしまう。

しかし、あんな夢、こんな夢を持っていた頃の、自分までが消えてしまうわけではない。その頃の自分が、愛《いと》おしく思えてくる。

あんなに膨らんでいた夢はどこへ行ったのか。夢は破れ、私という人間だけがポッンとここにいる。だから〈想い〉があふれてしまう。

無論、若いうちはそんな想いに至るはずもない。

二番の歌詞もいい。

〈くもれ男の　切ない涙
つよくあきらめ　忘りょとすれば〉

想いを語っているのは無論、男性である。「あきらめ」は人生の中で誰でもあるが、〈つよくあきらめ〉となると、ただ事ではない。

この男性は、何度も諦《あきら》めては、また熱く想い、そしてまた諦める。それでも、想いは消えない。「これではいけない」とまたまた諦める。

そうまでして〈つよくあきらめ〉るのは、互いに愛し合ったまま、別れてしまったからではないか。そしてその人は、恐らくすでに人妻なのだろう。

『誰か夢なき』の翌年にヒットした近江俊郎《おうみとしろう》の『湯の町エレジー』にも、こんなフレーズがある。

〈風のたよりに　聞く君は
温泉《いでゆ》の町の　人の妻〉

わざわざ、その町を訪ね、〈君住む故《ゆえ》に　なつかしや〉と歌う。初めて訪れた町が懐かしいわけがないが、かつて愛した人が住んでいるというだけで、〈露路裏《ろじうら》〉さえも懐かしくなってしまう。男の未練である。

『誰か夢なき』の〈つよくあきらめ　忘りょとすれば〉も、まさに「男の未練」なのである。

天才数学者の恋

「男の未練」に胸が詰まるのは、私が未練の権化《ごんげ》だからである。

だいたい、数学者という生物は、未練がましい。たった一問を解くために一日中考える。解けなければ一か月でも一年でも、十年でも考え続ける。しがみついたら放さない。スパッと気持ちよく諦められるような人間は、数学者になれない。

もちろん、数学の問題だけに未練を抱くというような器用なことはできないから、数学者は何にでも未練を残す。

アイルランドの天才数学者ウィリアム・ハミルトン（一八〇五〜六五）は、十九歳の時のキャサリンとの恋が忘れられず、四十五歳になってから、キャサリンがかつて住んでいた家、今は廃屋となっている所を訪ねる。家に入ると、彼女が三十年近く前に立っていた場所に、月光が差し込んでいる。ハミルトンは思わず跪《ひざまず》き、月光に照らされた床に接吻《せっぷん》する。

ハミルトンはキャサリンの写真を終生持ち続け、たまに取り出しては、角度を変えてみたり、鏡に映してみたりしながら眺めていたという。どうしようもない。

ハミルトンの未練は、私の未練でもある。女房と結婚して四十年。三人の息子もそれぞれ独立した。何不自由のない幸せな家庭を作ってきた。にもかかわらず、『誰か夢なき』を聞くと、想いがあふれてしまうのである。

最近は、風呂場で『誰か夢なき』を歌うのだが、二番に差し掛かると途端に感情が高ぶる。思わず美声を張り上げる。想いがさらに噴出する。ますます声を張り上げる。と、ガラス戸の向こうから、

「うるさーーーーーーーい」

という女房の、私を圧するような叫び声がする。

嫉妬《しっと》で叫んでいるのではない。女房は半世紀前の私の華やかな女性遍歴などに、何の興味もない。ただ単に、うるさ過ぎるのが癇《かん》にさわるのだ。これがまた私の癇にさわる。

昭和22年に公開された映画『誰《たれ》か夢なき』（渡辺邦男《くにお》監督）の主題歌として、映画公開と同月に発表された。作詞は『有楽町で逢いましょう』で知られる佐伯孝夫。作曲は清水保雄《やすお》。『異国の丘』をヒットさせた竹山逸郎《いつろう》と藤原亮子《りょうこ》のデュエット曲で、この曲もヒットを記録した。

●佐伯孝夫《さえきたかお》　明治35年、東京生まれ。早稲田大学卒業。作詞家として『銀座カンカン娘』や橋幸夫の『潮来笠《いたこがさ》』『恋をするなら』など数多くのヒット曲を手がけ、昭和37年『いつでも夢を』がレコード大賞受賞。享年78。

すみれの花咲く頃 はじめて君を知りぬ

二十年ほど前、東京・有楽町にある「東京宝塚劇場」に初めて足を踏み入れた。「一度は行きたい」とかねがね願っていたが、男ひとりではなかなか行きづらい。かといって、どんな女性を同伴しても、宝塚の極端な美しさには気後れしてしまうだろう。実際、観劇の後、銀座に繰り出すと、銀座を歩く女性たちが皆、色褪《あ》せて見える。

以前、歌舞伎の十代目・坂東三津五郎さんにその話をしたら、「化粧ですよ」と事もなげに言う。

「化粧を落として、GパンにTシャツ姿でコンビニにいたら、誰も気づかないですよ」

三津五郎さんは実に誠実な方だったが、この言葉だけは、絶対に信用しない。三津五郎さんの奥さんは宝塚出身の女優さんだったから、謙遜《けんそん》もあるのだろう。誰が何と言おうと、宝塚のスターは、極端に美しいのだ。

しかたなく古女房を伴い東京宝塚劇場へ向かった。観客に若い人は少なく、四十歳以上

すみれの花咲く頃

訳詞：白井鐵造

春すみれ咲き　春を告げる
春何ゆえ人は　汝《なれ》を待つ
楽しく悩ましき　春の夢　甘き恋
人の心酔わす　そは汝
すみれ咲く春

すみれの花咲く頃
はじめて君を知りぬ
君を思い　日ごと夜ごと
悩みし　あの日の頃
すみれの花咲く頃
今も心奮《ふる》う
忘れな君　我らの恋
すみれの花咲く頃

花の匂い咲き　人の心
甘く香り　小鳥の歌に
心踊り　君とともに　恋を歌う春
されど恋　そはしぼむ花
春とともに逝く

が大半のように見えた。男対女の比は一対十ほどである。よく見ると、私の隣の和服姿の女性は、すでにハンカチを握りしめている。何度目なのか、号泣準備完了らしい。ぐるりと観客席を見回すと、同様の女性が目につく。何度も訪れている観客は、そこまで入れ込んでいるのである。

私が初めて宝塚を見たその日、フィナーレで『すみれの花咲く頃』の歌唱があった。あとで聞くと、いつも歌うわけではないらしい。舞台中央の二十段を超える階段から、五十人以上の見目麗《うるわ》しき女性たちが、歌いながら一斉に降りてくる。天使の声とはこのことか。階段をそろりそろりと降りるごとに、私との距離が縮まる。まるで、全員が私に向かって近づいてくるかのようだ。なんということだ。もみくちゃになってもいい。もてあそばれてもよい。どうなってもよい。フェロモン噴出、血圧急上昇の中でそう思った。美しい女性が群をなして存在するこの世界は、なんと素晴らしいことか！　いったいこれは、この世の出来事なのか。

そもそも私の宝塚への憧《あこが》れは、『すみれの花咲く頃』を耳にしたことに始まる。

〈すみれの花咲く頃

はじめて君を知りぬ〉
最初にこのサビの部分を聞いた時、その人を酔わせるような流麗さ、華やかさ、輝きに、私はクラクラした。
正直に言えば、〈春すみれ咲き　春を告げる……〉で始まる冒頭部分は、いつ聞いても退屈である。試しに自分で歌ってみると、浪花節《なにわぶし》を唸《うな》っているようにしかならない。それでますます鬱屈《うっくつ》する。三十秒ほどこの鬱屈に耐えるとサビの部分になる。と、突然、曲調が明るくなって、一気に光の真っ只中《ただなか》へ躍り出る。私は幸せに包まれ、恍惚《こうこつ》状態となる。

「リラ」から「すみれ」へ

実は、『すみれの花咲く頃』は、日本の曲ではない。一九二八年にドイツで発表された『再び白いライラックが咲いたら』が原曲である。この曲を用いたレビューが大ヒットし、ヨーロッパ中に広まった。
パリに留学していた、のちに「レビューの王様」として名を馳《は》せる、宝塚歌劇団の演出家・白井鐵造《しらいてつぞう》が、この歌のフランス版に感銘を受け、自ら訳し、宝塚に持ち込んだのだという。

ドイツ語の原詩も、フランス語の訳詩も読んでみたが、ともに白いリラ（ライラック）が咲いたら会おう、という「未来」を待ち望む歌である。

白井は、これを大幅に変えた。リラという当時の日本には馴染《なじ》みのない花を「すみれ」に変え、さらに、〈知りぬ〉〈あの日の頃〉という歌詞が示す通り、「過去」のことにしてしまった。

これにより『すみれの花咲く頃』は、過ぎ去った恋を想う乙女の歌となった。日本人は西洋人と違い、未来に待っているであろう幸せを謳歌《おうか》するより、過ぎ去った幸せを想い涙ぐむ人々なのだ。西洋ではポルトガル人だけが、ポルトガル歌謡のファドに見られるよう、日本人によく似ている。

森鷗外《おうがい》に『即興詩人』という作品がある。元は、童話作家アンデルセンの自伝的恋愛小説で、これを英訳で読んでみると三文小説なのだ。ところが、鷗外の絢爛《けんらん》豪華な文語体の訳により、原作をかけ離れた名作となった。『すみれの花咲く頃』もそうで、単純な恋愛の詩が、文語調の品のある訳で、情緒に富んだ名詩となったのである。

帰国した白井は、一九三〇年、本格的レビュー『パリゼット』の中で、『すみれの花咲く頃』を初披露する。そしてすぐに宝塚を代表する歌になった。

この一九三〇年――昭和五年は、重苦しい時代である。前年に起こった世界恐慌が日本を直撃した。当時の農家は、生糸と米で生活していたが、世界恐慌で生糸の輸出が激減。さらに米は豊作で米価が下落した。翌年になると一転して、東北地方を中心に大凶作。農村は壊滅的となり、学校に弁当を持っていけない欠食児童が増えた。農村の女子は身売りされ、街には失業者が溢《あふ》れた。

『すみれの花咲く頃』冒頭の鬱屈した曲調は、当時の日本人の心情と重なる。暗くて長いトンネルを抜け出れば、そこには溢れるような光がある、とこの歌は言いたかったのではないだろうか。ところが、この翌年には満州事変が起き、日本は戦争にのめり込んでいった。

2年間パリに留学していた演出家の白井鐵造は、昭和5年、帰国後第一作としてレビュー『パリゼット』を発表。その中で初めて『すみれの花咲く頃』が歌われ、ヒットを記録した。作曲はドイツ人のフランツ・デーレ。歌詞は、独語の原詩の仏語訳を白井が日本語に訳したもの。

●白井《しらい》鐵造《てつぞう》　明治33年生まれ。大正10年、演出家として宝塚歌劇団に入る。約60年間、200を超える作品を作り続け、宝塚調レビューを確立した。通称「レビューの王様」。故郷・浜松市に「白井鐵造記念館」がある。享年83。

この道はいつか来た道

童謡『この道』は、詩人・北原白秋《きたはらはくしゅう》と作曲家・山田耕筰《こうさく》のゴールデンコンビによる作品である。この二人の生涯を描いた映画も最近封切られた。

このコンビで三百近くの曲を作っている。この話を女房にすると、「私の高校の校歌もこの二人が作った」と自慢された。

『この道』は、児童文学者・鈴木三重吉《みえきち》が作った雑誌『赤い鳥』に掲載された作品である。『赤い鳥』は今から百年前、一九一八年（大正七）に創刊された雑誌だ。一九一八年というのは興味深い年である。私の母の生まれた年でもあり、第一次大戦が終結した年でもある。

第一次大戦というのは、日本にとって「遠くの火事」だった。大した戦闘に巻き込まれず、戦争で疲弊する欧州の間隙《かんげき》をぬって、軍需、運輸、製造など多くの産業でボロ儲《もう》けした。日本は江戸末期に押しつけられた不平等条約のせいもあり、明治時代を通して巨額の

この道

作詞：北原白秋

この道はいつか来た道、
ああ、そうだよ、
あかしやの花が咲いてる。

あの丘はいつか見た丘、
ああ、そうだよ、
ほら、白い時計台だよ。

この道はいつか来た道、
ああ、そうだよ、
お母さまと馬車で行ったよ。

あの雲もいつか見た雲、
ああ、そうだよ、
山《さん》査《ざ》子《し》の枝も垂れてる。

貿易赤字と財政赤字に悩んでいた。我が国には関税自主権すら与えられていなかった。すなわち自国の輸出入の関税を自ら決めることすらできず、相手国の言うがままだったのである。関税自主権が完全に与えられたのは、日清《にっしん》・日露の両戦争に勝利し、列強の仲間入りして何年もたった、明治四十四年（一九一一）だった。加えて日露戦争で欧米諸国から当時の国家予算の六倍もの国債を購入してもらっていた。その大借金の大部分を第一次大戦で返済することができ、日本中が好景気に沸いたのである。

大人たちはようやく、子供たちに目を向ける余裕を得たのか、『赤い鳥』が創刊された。『赤い鳥』に寄稿したのは、白秋だけではない。芥川龍之介の代表作の『蜘蛛《くも》の糸』や有《あり》島武郎《しまたけお》の『一房の葡萄《ぶどう》』など、今でも国語の教科書に載るこれら名作は、『赤い鳥』に載った作品である。

白秋という詩人は天才肌だが、かなり破天荒でもある。

「雨はふるふる城《じよう》ヶ島《がしま》の磯《いそ》に……」でお馴染《なじ》みの『城ヶ島の雨』(作曲・梁田貞《やなだただし》) は私の好きな白秋の作品だが、これを発表したのは大正二年（一九一三）で二十八歳の時である。

この頃、白秋はスキャンダルにまみれていた。

自宅の隣に住む、俊子という人妻と恋仲になったのである。俊子は夫と別居中で、しかもフランス人形のような美しさだったという。

当時、不倫は犯罪だったから、白秋は俊子の夫に訴えられ、「姦通罪《かんつうざい》」で収監されてしまう。

白秋は結局、俊子と結婚するのだが、一年あまりで離婚。そして今度は菊人形のようだったと言われる章子《あやこ》と結婚。ところがこれも数年で破綻《はたん》。最後に菊子という女性と結婚し、添い遂げる。

私だって、隣に夫と別居中のフランス人形や菊人形が住んでいたら、数学者でなく詩人になっていたかも知れない。

馬車と荷車

正直にいうと、若い時分、『この道』は好きではなかった。

〈この道はいつかきた道、／ああ、そうだよ、〉

だからどうした、と思っていた。

ところが、大人になって変わった。〝懐かしむ〟という情緒を身につけ、この詩の深みが分かるようになったのだろう。

私たち一家はイギリスのロンドンに一年余り住んでいたことがあるが、数年後に再訪した時、三人の息子たち（当時小学生）が発したのは「あの八百屋さん知ってる、このお肉屋さん知ってる！」だけだった。〝懐かしむ〟という感情は育っていなかった。

〝懐かしむ〟という情緒は、年を経るごとに鋭くなり、深まっていく。年をとると感受性が鈍《にぶ》くなるというのは真っ赤な嘘《うそ》である。

どんな人にも、〈いつか来た道〉があり、〈いつか見た丘〉があり、〈いつか見た雲〉がある。白秋は万人に共通する〝懐かしさ〟に訴えかけたのだ。

フランスに、レヴィ＝ストロースという文化人類学者がいる。二十世紀を代表する知の巨人だ。彼の『月の裏側』という本に、日本の音楽についての記述がある。

西洋古典音楽に親しんできた彼は、文化人類学者として世界各地の音楽に接してきたが、心を揺さぶられることがなかったという。ところが、日本の十八世紀以降の歌を聞いてたちまち虜《とりこ》になった。その理由をこう記す。

《（平安文学の頃から日本文学に脈々と流れる）「もののあわれ」が音楽でも表現されているのです》

私がこれまでくり返し訴えてきたことを、知の巨人がうまく裏付けているのだ。

『この道』に関して言えば、私にとって三番の歌詞は特別だ。亡き母を思い、涙がにじむ。

〈お母さまと馬車で行ったよ〉

白秋の母親の実家は熊本県南関《なんかん》町の栄えた商家だった。そこから、柳川《やながわ》の自宅まで馬車で帰って行ったのだろう。一方、私が母と乗ったのは、牛が引く農耕用の荷車だ。満州からの引き揚げの途中、三十八度線の山中で、荷車が土砂降りにあい、三歳になったばかりの私は、身体《からだ》が冷え切り血の気を失った。母が私を横抱きにして見ず知らずの農家にかけこむと、私の顔を見て急を知った老婦が、直《ただ》ちにやかん一杯の熱湯をくれた。この湯で母に身体を全身マッサージされ、私は蘇生《そせい》した。北朝鮮のこの老婦こそ命の恩人である。

私にとって、馬車に乗るような上流階級は憧《あこが》れだった。そこで、三男を上品に育てようと、学習院初等部を受けさせた。

保護者の面接があった。体調を崩した女房に代わり、私が面接を受けた。家族調書に著作もすると書いたためだろう、品のよい試験官に「どんな御本ですか?」と聞かれた。思わず「つまらない本です」と口を突いて出た。帰宅して報告すると、女房に呆《あき》れられた。「日本エッセイスト・クラブ賞受賞の『若き数学者のアメリカ』とか、『遙《はる》かなるケンブリッジ』と言えば良かったのに」と言われた。

不合格だった。私の面接のせいと、女房になじられた。

「私の子供の人生を台無しにしないで」

とまで言われた。オレの子でもあるはずだが……。

上流階級は縄文以来の百姓にとって、高嶺《たかね》の花だった。

大正15年（1926）発行の雑誌『赤い鳥』に発表された北原白秋《きたはらはくしゅう》による詩。翌年、山田耕筰によって曲がつけられ、童謡として発表された。詩には、白秋が晩年に旅行した北海道の情景（1、2番）、白秋の母の実家である熊本県南関《なんかん》町から福岡県柳川《やながわ》市までの道のり（3、4番）が歌われている。

●山田耕筰《やまだこうさく》　明治19年生まれ。作曲家。ドイツ・ベルリンで学び、帰国後、日本初の交響楽団を組織。オペラを広める運動も行なった。北原白秋とのコンビ作に『からたちの花』『ペチカ』『待ちぼうけ』など。享年79。

花嫁すがたの　姉さまと　お別れ惜しんで泣きました

私の「姉コンプレックス」の要因のひとつは、厳しかった母にあるかも知れない。

我が家は戦後、母、五歳の兄、二歳の私、○歳の妹の家族四人で旧満州から三十八度線を突破して日本に戻ってきた。一年余りの放浪生活は過酷で、母は鬼にならないと子供たちを生かしてつれて帰ることができなかった。父は一か月ほど遅れて抑留から帰ってきた。

この父によると、引き揚げ前は乙女チックな優しい女性だった母が、すっかり変わってしまっていたらしい。

私の物心がついた時には、母はすでに厳しい人で、やさしく慰めるより、叱咤《しった》激励を旨とする人だった。

『花かげ』は、二歳年下の妹のほうが、私より先に好きになった。

〈十五夜お月さま　ひとりぼち　桜吹雪の　花かげに……〉と飽きもせず、小学生の妹はこの歌ばかり歌っていた。

花かげ

作詞：大村主計

十五夜お月さま
ひとりぼち
桜吹雪の　花かげに
花嫁すがたの　お姉さま
俥《くるま》にゆられてゆきました

十五夜お月さま
見てたでしょう
桜吹雪の　花かげに
花嫁すがたの　姉さまと
お別れ惜《おし》んで泣きました

十五夜お月さま
ひとりぼち
桜吹雪の　花かげに
遠いお里の　お姉さま
わたしは一人になりました

ところが、中学生になった頃から、私も好きになった。

〈花嫁すがたの　お姉さま
俥《くるま》にゆられてゆきました〉

が心に沁《し》みたのである。桜舞い散る中、髪を文金高島田《ぶんきんたかしまだ》に結った白無垢《しろむく》姿の姉が、人力車に揺られてお嫁に行く。

〈花嫁すがたの　姉さまと
お別れ惜《お》しんで泣きました〉

と姉を見送る人物を「妹」と捉える人もいるようだが、私は弟と思う。姉を慕い姉を焦がれるのは、「弟」しかあり得ない。

妹というのは兄にいじめられると相場が決まっている。私も随分、妹を泣かせた。一方、姉は弟を無償の愛で包んでくれるはずなのだ。架空の姉は、私にとって「やさしい母親」でもある。

『花かげ』を歌っていたのは、伴久美子《ばんくみこ》である。昭和十七年生まれだから、私のひとつ上のお姉さんである。この伴久美子が、かわいい顔とかわいい声で歌っていた。

同じく学年がひとつ上の歌手に、近藤圭子がいる。『森の小人』、
〈森の木かげで　どんじゃらほい
しゃんしゃんしゃん手拍子　足拍子〉
を歌った人だ。彼女もまた、とてもかわいい顔のお姉さんだった。
『子鹿のバンビ』で有名な古賀さと子は、えくぼの可愛らしい三つ上のお姉さんだった。
同級生の男子が、同級生や年下の女の子にうつつを抜かしている時に、私の視線は常に「姉」に向かっていた。
この傾向は、そのあとも続いた。私が一番愛した歌手は、大正十二年生まれ、二十歳年長の津軽美人、奈良光枝《みつえ》さんだ。アメリカから帰国してまもなくの頃、美人薄命と言われる通り、彼女は五十三歳で亡くなった。大学での講義とぶつかり、青山斎場での葬儀に駆けつけることができなかったことは今も悔いている。無論、後に彼女の故郷の弘前《ひろさき》へ行って墓前で詫《わ》びた。
大学生の頃は、『誰よりも君を愛す』『再会』の松尾和子にも憧《あこが》れた。彼女も八歳年上である。

幼い頃から、私の心の中には、常に「美しく優しい姉」がいた。そして『花かげ』を聞くと私は、桜の木の下で、旅立つ姉を送りながらひそかに泣き濡れる、弟になってしまう。

薄幸の姉

この「姉コンプレックス」は、父親の影響も受けているようだ。

父は九人兄弟の三番目で、上に姉と兄がいたのだが、兄は東京医科歯科大学を卒業する直前に、食中毒で亡くなってしまう。姉は豪農に嫁いだのだが、夫を若くして亡くし、姑《しゅうとめ》には苛《いじ》められ、苦労が絶えなかった。

東京の我が家に、長野の田舎から父の兄弟がよく遊びに来たが、父の態度はいつも横柄だった。

父の一番下の弟が泊まりに来ていた日、父はまだ仕事から戻っていなかった。夕飯時に、安普請《やすぶしん》の我が家にネズミが出た。ネズミが四畳半の茶の間に逃げ込むと同時に、叔父が「戸を閉めろ」と言った。ネズミと一緒に四畳半に閉じこめられた格好の兄と私と妹は、足をすくませて壁に張りついていた。叔父は掘りごたつの中を必死に回るネズミを、ひょいと素手で掴《つか》むと、母に、「バケツに水を入れて持ってきてください」と言った。叔父はそのまま、ネズミをバケツに突っ込み、五分くらいじっとしていた。溺死《できし》させたのである。そして何食わぬ顔で、裏の空き地へバケツの水を勢いよくネズミごとぶちまけた。

小学生の私にとって、これは驚くべき出来事だった。

父が帰宅するや、興奮冷めやらぬ私は叔父の武勇伝を報告した。父は、

「そうか、誰でもひとつぐらいは取り柄があるもんだな」

と言っただけだった。

叔父は「毎度のこと」と苦笑いしていた。

一方で姉――私の伯母が我が家に来るとなると、下にも置かない歓待ぶりだった。母に対し、「あそこでご馳走《ちそう》してやれ」「あそこへ連れて行ってやれ」と余りに指示するので、母がたじろぐほどだった。姉と、弟妹への態度が極端に違うのである。父もまた、極端な「姉コンプレックス」だったのだ。これが私に伝染したのかも知れない。

伯母は薄幸だったが、私が好きだった姉さん歌手たちの多くもまた、早世である。伴久美子四十四歳、古賀さと子五十五歳、奈良光枝五十三歳、松尾和子五十七歳……。美しく

優しい人は早く逝《ゆ》くのだろうか。
どう見ても早世しそうにない女房に、「姉コンプレックス」のことを告白すると、「あなた、よほど同年配の女性から相手にされなかったのね」、といつもながらの見当違いを言った。

『花かげ』は昭和4年発表の童謡で、童謡歌手・伴久美子の歌唱でレコード化され（作曲・豊田義一《とよだぎいち》）、大ヒットを記録した。作詞は大村主計《おおむらかずえ》。17歳で嫁いだ姉の嫁入りを詩にしたものだという。大村は西條八十《さいじょうやそ》に学んだ童謡詩人で、童謡集『ばあやのお里』などで知られる。
●伴久美子《ばんくみこ》　昭和17年生まれ。小学3年生の時に、NHK『子どものど自慢』で1位入賞し、童謡歌手となる。昭和32年、風邪薬ルルのCMにも登場。

可愛い瞳に 春のゆめ

私が『フランダースの犬』を読んだのは小学生の頃である。

舞台は十九世紀ベルギーのフランダース地方の小さな村、主人公は祖父と暮らす少年ネロだ。ひどく貧しく、お腹いっぱい食べたことがない。裕福な風車小屋の娘に恋心を抱いているものの、身分の違いが気になって言い出すことができない。

ネロは、老犬パトラッシュと一緒に、老いた祖父の代わりに、ミルク配達をして何とか生計を保っていた。ところがある日、風車小屋の倉庫が火事となり、なんとネロが放火の疑いをかけられる。時を同じく祖父が死に、いよいよネロは追い込まれてしまう。唯一の望みは、展覧会に出品した絵だ。あれが入選しさえすれば……。

ネロの望みも空《むな》しく、落選してしまう。そのうえ家賃滞納で小屋を追い出される。雪降りしきるクリスマスイブの晩、ネロはとぼとぼと村を出る。

辿《たど》り着いたのは、アントワープの大聖堂（聖母大聖堂）。後を追ったパトラッシュも合

春の唄

作詞：喜志邦三

ラララ　紅い花束
車に積んで
春が来た来た　丘から町へ
すみれ買いましょ
あの花売りの
可愛い瞳《ひとみ》に　春のゆめ

ラララ　青い野菜も
市場について
春が来た来た　村から町へ
朝の買物　あの新妻の
籠《かご》にあふれた　春の色

ラララ　啼《な》けよちろちろ
巣立ちの鳥よ
春が来た来た　森から町へ
姉と妹の　あの小鳥屋の
店のさきにも　春の唄

ラララ　空はうららか
そよそよ風に
春が来た来た　町から町へ
ビルの窓々　みな開かれて
若い心に　春が来た

流する。凍えた身体《からだ》を温め合う。ここには、ネロが憧《あこが》れていた画家ルーベンス（一五七七〜一六四〇）の『キリストの昇架』と『キリストの降架』がある。いつもはカーテンがかかっているのに。今はなぜかそれが開いていて、ちょうど月の光に照らされていた。ネロはパトラッシュの背中をやさしくなでながら、こう言う。

「パトラッシュ……疲れたろう。僕も疲れたんだ。なんだかとても眠いんだ……パトラッシュ……」

夜が明けたクリスマスの朝、ネロとパトラッシュは、大聖堂のルーベンスの絵の下で抱き合ったまま冷たくなっていた。この日、ネロの絵を見た画家が風車小屋に来て、才能あるネロを自分の所に引き取りたい、と申し出たのだった。

三年前、私と女房は次男夫婦の新婚旅行に同行し、この大聖堂を訪れた。レンタカーの運転手である私は疲れていたし、ネロを思い出して沈んでいた。

と、次男の嫁が、「ラララーラララー」とアニメ『フランダースの犬』の主題歌を小声で口ずさみ始めた。

ラララ？

アニメは見ていないが、私にとっての「ララ」は、今も昔も、〈ララ　紅い花束　車に積んで〉『春の唄』である。

思わず口ずさんだ。私を元気づける歌なのだ。大聖堂だからよく響く。「こんなところで……」と隣で顔をしかめる女房を尻目に、どんどん調子を上げると元気が湧《わ》き出てきた。歌のリズムに乗って、私の心も弾んできた。『春の唄』は大聖堂によく似合うのだ。

恩師の安野光雅《あんのみつまさ》先生にも「元気づける歌」があるとうかがった（画家の安野さんは、私の小学校時代の図工の先生）。『朝』だ。

〈朝はふたたびここにあり〉を口ずさむと、途端に元気が湧いてくるという。先生の『朝』も私の『春の唄』も、NHKラジオの「国民歌謡」で人気となった歌である。

新型コロナで、このところ日本中が鬱々《うつうつ》としている。めいめいの「元気の出る歌」を、大声で歌ってみてはどうだろうか。

実際、『春の唄』が世に流れたのは、昭和十二年のことである。前年には二・二六事件、この年には日中戦争が始まる、という暗い世相だったからこそ、明るい歌が求められたのだろう。

『春の唄』は、阪急の西宮北口《にしのみや》駅のあたりをヒントに作詞されたらしい。〈紅い花束〉を積んだ〈車〉は、大八車《だいはちぐるま》かリヤカーだ。

〈あの花売りの　可愛い瞳《ひとみ》に〉

の花売りはうら若き乙女だ。

二番では〈新妻〉、三番では〈小鳥屋〉の〈姉と妹〉。作詞の喜志邦三さんは私と同じオンナ好きなのだろう。

最後は〈ビルの窓々　みな開かれて〉春を迎え入れる。花粉症がない時代だ。さぞ気持ちよかったに違いない。
四、五年前、小学二年生まで在籍していた小学校の同級会の案内が来た。わずか二年間だったが、ガキ大将だった私を忘れていなかったらしい。
ふと一度も話したことないが、つぶらな瞳の可愛らしい少女が頭に浮かんだ。お母さんは極端な美人で、幼稚園の弟もとびきり可愛かった。

欠席の葉書に彼女の消息を尋ねる一文を添えたら、何と本人から手紙が届いた。「お会いできたらうれしいです」とある。早速、四谷《よつや》のレストランで一緒にランチをした。二人は六十余年ぶりに会い、生まれて初めての会話をし、思い出話を楽しんだ。

弟さんの消息を尋ねたら顔を曇らせた。病床についているらしい。私は元気づけようと、『春の唄』を口ずさんだ。と、彼女もこの歌を知っていて、はにかみながら、私に合わせて歌い出した。八歳の頃と同じはにかみだったので、どきっとした。彼女が元気を取り戻したことは、表情の明るさで分かった。

レストランから四谷駅への帰り道、突然、彼女が

「腕を組んでもいいですか？」

と言った。

二人は額の皺《しわ》など何のその、腕を組んで、駅までの道のりを弾むように歩いた。

『春の唄』（作詞・喜志邦三、作曲・内田元《はじめ》）は昭和12年にNHKのラジオ番組『国民歌謡』で放送され、世に広まった。作詞家の喜志は新婚当時より西宮北口駅（阪急神戸線）近くに住んでおり、その頃のことを歌にしたという。戦後、後継の『ラジオ歌謡』でも流され、愛唱された。

●阪急神戸線・西宮北口《にしのみや》駅とアクタ西宮を結ぶデッキに、喜志邦《きしくに》三《ぞう》直筆の『春の唄』歌碑がある。喜志邦三（1898〜1983）は当時、西宮北口の市場付近に住んでおり、2番はその時のことを心に浮かべて作詞したという。

黙ってうつむいてたお下げ髪

父・新田次郎は、厳しい人だった。子供に手を上げるとか、怒鳴るとかはしなかったが、自らに厳しかったのである。自らの価値観を信じ、自らを律し、毅然《きぜん》としていた。その姿は、私に「厳しい」と映った。

取り立てて口うるさいわけでもない父が、ただ一点、私に厳命したことがある。

「卑怯《ひきょう》なことは死んでもするな」

我が家は、父が満州国中央気象台で働いていたこともあり、終戦を満州の新京《しんきょう》（現・長春市）で迎えた。父は終戦後二か月もたってから北朝鮮でソ連軍に抑留された。残された私たち家族四人（母、五歳の兄、二歳の私、〇歳の妹）は、一年以上かけて朝鮮半島を抜け、死と隣り合わせの乞食生活の末に帰国した（その時のことを描いた母・藤原ていの『流れる星は生きている』はベストセラーとなった）。

先祖代々、農家だった母は強い。子供の命をつなぐためなら文字通り、どんなことでも

白い花の咲く頃

作詞：寺尾智沙

白い花が　咲いてた
ふるさとの　遠い夢の日
さよならと　言ったら
黙ってうつむいてた　お下げ髪
悲しかった　あの時の
あの白い花だよ

白い雲が　浮いてた
ふるさとの　高いあの峰
さよならと　言ったら
こだまがさようならと　呼んでいた
淋しかった　あの時の
あの白い雲だよ

白い月が　泣いてた
ふるさとの　丘の木立に
さよならと　言ったら
涙の瞳《ひとみ》で　じっと　見つめてた
悲しかった　あの時の
あの白い月だよ

するという人だった。多分、朝鮮人の畑のものを失敬する、というようなことだってしたのではないか。絶対に自分の子を死なせない。母の愛——執念で私たちは日本にたどり着いた。

一方の父は武士の家系である。といってもいちばん下の足軽《あしがる》なので、馬には乗れず、馬の横を歩いていた。だから代々、足の強さが自慢である（私も毎日七キロ歩いている）。父が、この逃避行を率いていたらどうなったかと時折思う。卑怯を何より憎む父は、他人の畑からものを盗むくらいなら、飢えて死んだほうがまし、と思う人間だ。確実に家族全滅だったろう。

小学生の頃、市会議員の息子で乱暴者で通る男が、貧しい家のひ弱な子を殴るのを見た私は、直《ただ》ちに彼に飛びかかり叩《たた》きのめした。夕食時にそれを報告すると、父は「そうか、貧しい子を助けたんだな、よくやった」と私の頭を何度も撫《な》でてくれた。

側《そば》で見ていた母は、嘆息した。

「何バカなこと言ってるの。相手に怪我《けが》させたりしたら、どうするの？　謝りに行くのはもうごめんですからね。……本当に、この親にしてこの子ありね」

ここから父母のいつもの口論が始まるのだが、母が近くにあるものを父に投げつけるまで、喧嘩《けんか》は続いた。

そんな父が、いちばん好きだったのが、『白い花の咲く頃』だ。昭和二十五年に、岡本敦郎《あつお》の伸びのある歌声によって大ヒットした。

父は「白い花ぁが咲いてた〜ふるさとぉの遠い夢の日〜」と、風呂の中でよく大声で歌っていた。ひどい音痴だったが、その歌詞は私の中に残った。

〈さよならと　言ったら／黙ってうつむいてた　お下げ髪〉

父にも昔、好きな子がいたのだろうか。黙ってうつむくような女の子だったのか。父が好意をもったその女の子は、父を好いてくれたのだろうか。

この「白い花」とは、信州人にとってはコブシのことである。父の故郷・信州の諏訪《すわ》では、コブシのことを〝春告げ花〟という。信州では桜より早く咲くので、そうした名で呼ばれている。

まだ冬景色の山の斜面に、コブシが鮮やかな白い花を咲かせる。コブシは山に自生する木である。通学の途中、山の中に白い花を見つけると、父は待ちに待った春の訪れが嬉《うれ》しくて、ひとり山に分け入って、嬉しそうにコブシの幹を撫でたという。

そんな思い出を嬉しそうに聞かせてくれたのが、つい昨日のことのようだ。今でも、幼き日の父が、嬉しそうにコブシを撫でている姿が目に浮かぶ。

昭和五十五年二月、庭のコブシの蕾《つぼみ》がまだ堅いうちに、父は六十七歳の生涯を閉じた。急逝だったこともあり、家族は打ちひしがれた。

〈悲しかった　あの時の／あの白い花だよ〉

父が、そして私があれほど好きだった『白い花の咲く頃』を、父の死後十年以上、歌うことができなかった。思いがこみ上げて、声が出なくなるのである。今では、父の思い出の歌として、『白い花の咲く頃』は私にとって特別な一曲になっている。この歌を耳にするたびに、「卑怯なことは死んでもするな」という父の声が蘇《よみがえ》る。

卑怯なことはするな――グローバリズムが蔓延《まんえん》する現代社会にこそ、求められる姿勢ではないだろうか。

ここ三十年ほど、新自由主義の蔓延により、世界は競争、競争、評価、評価の、せちがらい、生き馬の眼を抜くような社会となってしまった。新自由主義に毒されている。勝者が弱者に手を差し伸べるのが人間本来の姿であるのに、新自由主義は、経済効率を上げるため規制撤廃による自由競争ばかりを唱える。規制は本来、弱者を守るためにあるので、それをなくせば、当然大量の弱者が生まれる。弱者への涙。敗者への共感。これを武士道では惻隠《そくいん》というが、これが失われているから、格差も拡大し、世も歪《ゆが》む。卑怯を憎む心、そして惻隠は、二十一世紀のキーワードにならなくてはならない。

偉そうなことを言う私だって卑怯なことをしてしまったことは何度かある。思い返しても自己嫌悪に陥りそうになる。

どんな卑怯かは、恥ずかしすぎて、原稿にも書けないし、他人にも言えない。

私は、春、コブシの花を目にするたびに父を思い出す。そして、『白い花の咲く頃』を歌う。今は大声で歌う。父に届けとばかりに大声で歌う。

『白い花の咲く頃』の作詞は寺尾智沙《ちさ》、作曲は田村しげる。ふたりは夫婦で、他にも『リラの花咲く頃』など、夫婦で共作している。春の別れを歌った同曲は、昭和25年にNHK『ラジオ歌謡』で発表され、大ヒットした。「白い花」はコブシやハクモクレンのことだといわれている。

●岡本敦郎《おかもとあつお》　大正13年生まれ。武蔵野音楽学校（現・武蔵野音楽大学）声楽科卒。NHK『ラジオ歌謡』でデビュー。NHK紅白歌合戦に7度出場。『白い花の咲く頃』『高原列車は行く』などの大ヒットで知られる。平成24年没。享年88。

いかばかり人妻は身にひきつめて嘆くらむ

今から四十年以上前、昭和四十七年（一九七二）の夏のことである。二十九歳の私は、アメリカのミシガン大学から、研究員として招かれた。

初めての海外渡航である。さすがの私も緊張に身を固くしていたに違いない。飛行機の中でも、興奮のせいか、なかなか寝付かれなかった。当時は、飛行機の中での喫煙が許可されていた。誰かの吸ったタバコの煙が、ゆるゆると立ち昇っては、天井に当たり、左右に広がっていく。

ふと斜め前の女性に目が留まった。人妻だろうか。薄紫色の和服の女性が、枕の位置を変えては裏返している。時折、けだるそうな視線を虚空《こくう》に投げかけては、なまめかしくフッと息を漏らす。

萩原朔太郎《はぎわらさくたろう》の『夜汽車』を思い出した。

〈あまたるきにすのにほひ〉こそなかったが、〈そこはかとなきはまきたばこの烟《けむり》〉はあ

夜汽車

萩原朔太郎

有明のうすらあかりは
硝子戸《がらすど》に指のあとつめたく
ほの白みゆく山の端《は》は
みづがねのごとくにしめやかなれども
まだ旅びとのねむりさめやらねば
つかれたる電灯のためいきばかりこちたしや。
あまたるきにすのにほひも
そこはかとなきはまきたばこの烟《けむり》さへ
夜汽車にてあれたる舌には侘《わび》しきを
いかばかり人妻は身にひきつめて嘆くらむ。
まだ山科《やましな》は過ぎずや
空気まくらの口金をゆるめて
そつと息をぬいてみる女ごころ
ふと二人かなしさに身をすりよせ
しののめちかき汽車の窓より外をながむれば
ところもしらぬ山里に
さも白く咲きてゐたるをだまきの花。

った。そして、〈いかばかり人妻は身にひきつめて嘆くらむ〉。まさに『夜汽車』だ。『夜汽車』は、朔太郎が二十七歳の時、雑誌に初めて発表した詩のひとつで、詩人としての出発点でもあった。

その記念すべき詩に、朔太郎は〝人妻との許されぬ恋〟を描いた。

〈まだ山科《やましな》は過ぎずや〉

とあるから、この夜汽車は山科（京都）へ向かっているのだろう。駆け落ち先は京都なのか。それとも山陰線に乗り換えて日本海へ出るのだろうか。妄想は膨らむ。

〈空気まくらの口金をゆるめて
そつと息をぬいてみる女ごころ〉

ぞくぞくとする。

そして、〈ふと二人かなしさに身をすりよせ〉るのだ。

日本には、昭二十二年に廃止されるまで、「姦通罪《かんつうざい》」という刑事罰があった。人妻との不倫は犯罪だったのである。いやな時代に生まれなくてよかった。

その二人が、言葉も交わさずに、〈しののめちかき〉——東雲《しののめ》、つまり明け方近くに、ふとかなしさに身をすり寄せるのだ。「かなしさ」と仮名で書いたのが詩人の技だろう。悲しい、哀しい、愛しいのすべてを含んだかなしさだったのだろう。日本語の素晴らしさを見事に引き出している。

この「人妻」には、実際のモデルがいたと言われている。

朔太郎が十代の頃に出会い、恋に落ちたのだが、彼女は別の男に嫁いでしまう。朔太郎は忘れられず、友人に絶望を吐露《とろ》した手紙を何通か送りつけている。

朔太郎の許されぬ恋が、美しい詩に昇華しているのは、文語の存在も大きい。彼はこのあと口語自由詩に移行するが、私にとって、それらは哲学的であったり、西洋詩のように韻を踏んだりと、技巧に走っているように感じられ、好きになれない。

朔太郎は晩年、再び文語に戻ってくる。文語の持つ美しい調べで素直に抒情をうたい上げたかったのだろう。

『夜汽車』は、二十代の詩だけに、青年期特有のメランコリーが出ている。メランコリー——憂愁や憂鬱《ゆううつ》と訳されるこの心情は、青年ならではの、甘い感傷を含んだ孤独感だ。許されぬ恋に、いっそう孤独感が増したのだろう。

車窓から、山里に咲く花に目を留める。

〈さも白く咲きてゐたるをだまきの花〉

オダマキという、美しい響きの花を最後に持ってくるのは、さすがである。五月から初夏にかけて咲く、紫色や白色の可憐《かれん》な花だ。

朔太郎の長女の書いた随筆によれば、息を引き取る直前、病床で「おだまきの花が見たい」と懇願したという。

朔太郎はオダマキにあの女性を重ね合わせていたのではないか。最後まで、この失恋を引きずっていたのかも知れない。

夜汽車のひとり旅

朔太郎にかぎらず、男は十代、二十代の恋を引きずる傾向があるのではないだろうか。失恋して自殺を選ぶのも、たいてい男だ。私の女友達（美人）は、「失恋したら一か月で新しい恋人を見つけるわ」と言っていた。

女房は中高生の頃から極端にもてていたようで、学校の下駄箱には、付け文が絶えなかったらしい。三人の子供を産んだ後も、ケンブリッジ大学出身の英国紳士からプロポーズされたほどだ。ラブレターが英国から山のように来た。今でも夫婦喧嘩《げんか》の際は、「私には遠くで待ってくれている人がいる」と私を脅す。彼は私の知人でもある。ラブレターのひとつに、「私の能力はマサヒコほどではないかも知れないが、キミへの愛の深さではマサヒコに決して負けない」と書いてあった。本当に負けていそうだ。

女房の妹が教えてくれたのだが、私と付き合い始めの頃、学生だった姉妹の間で私のことを「オジン№.4《ナンバーフォー》」と暗号で呼んでいたそうだ。三十歳以上のボーイフレンドの四番手という意味だ。では女房がかつての恋を引きずっているかといえば、そんなことはなく、すべて懐かしい思い出にすぎないようだ。

鈍感ということではない。私は女房によく、かつて付き合った女性の話をする。外国人の場合は名前で、日本人ならファースト、セカンド……の称号だ。

新婚の時に、後々まで引きずることになった恋、ファーストの話を女房に語った。うっかり涙ぐんでいたのかも知れない。それ以来、他の女性とのアバンチュールには微笑《ほほえ》んでいるのに、ファーストの名を聞くやイヤな顔をするようになった。今やファーストは我が家のタブー語となっている。

朔太郎の『夜汽車』が好きだった私は、結婚前、よく夜汽車でひとり旅をした。そして人妻との「みちゆき」を夢想した。

そんな話をすると、女房は、

「かわいそうね、あなたには一緒に旅に行ってくれる女性がいなかったのね」と憐《あわ》れむ。

今でも、みちゆきを妄想する。〈ふと二人かなしさに身をすりよせ〉たいのだ。


大正2年、北原白秋主宰の『朱欒《ザンボア》』に詩が載り、詩人としてデビューするが、『夜汽車』は掲載された5編のうちのひとつ。当初は『みちゆき』の名で発表された。のちに『夜汽車』の題で詩集『純情小曲集』(大正14年)に収録。本人は同詩集自序で《詠嘆的文語調》の詩をまとめた、と語っている。

●萩原朔太郎《はぎわらさくたろう》　明治19年生まれ。大正から昭和にかけての詩人。処女詩集『月に吠《ほ》える』で詩壇の寵児《ちょうじ》に。口語自由詩による近代象徴詩を完成させたと評される。他作品に詩集『青猫』、詩論『詩の原理』など。

第2章

夏

——夏がくれば思い出す

夢みて咲いている水のほとり

中学、高校の頃、音楽の時間に『夏の思い出』を合唱曲として歌った。不思議なことに、「水《みず》芭《ば》蕉《しょう》ぉーの」とキーが上がっていくところで、周囲の合唱の声に感極まってしまい、私は必ず歌えなくなった。同じ曲でも、独唱だと涙のにじむような感激はない。あの合唱の持つ力――それもうら若き女性の澄んだ声の集合に、十代の私はいつも参っていたのである。

この歌は、母の思い出とも重なっていた。『夏の思い出』がＮＨＫのラジオ番組『ラジオ歌謡』の一曲として流れたのは、昭和二十四年のこと。私は五歳でまだ小学校に上がる前だ。

ソ連に抑留されていた父も戻ってきて、中央気象台に復職し、ようやく家族五人、今の竹橋駅（東京メトロ東西線）近くの官舎に入ることができた。

五歳（兄）、二歳（私）、〇歳（妹）の三人の子供を抱え、女手ひとつで満州から引き揚

夏の思い出

作詞：江間章子

夏がくれば　思い出す
はるかな尾瀬《おぜ》　遠い空
霧のなかに　うかびくる
やさしい影　野の小径《こみち》
水芭蕉《みずばしょう》の花が　咲いている
夢みて咲いている水のほとり
石楠花《しゃくなげ》色に　たそがれる
はるかな尾瀬　遠い空

夏がくれば　思い出す
はるかな尾瀬　野の旅よ
花のなかに　そよそよと
ゆれゆれる　浮き島よ
水芭蕉の花が　匂っている
夢みて匂っている水のほとり
まなこつぶれば　なつかしい
はるかな尾瀬　遠い空

げてきた母の体は、あちこちが蝕《むしば》まれていた。一年二か月もの間、北朝鮮で、ゴミ箱の野菜屑《くず》を拾い集めるなど、乞食生活をして飢《う》えを凌《しの》いだ。食料は自分よりまず子供に与えた。死に直面しながらのこんな生活が身体《からだ》にこたえたのだ。

官舎にいた頃の母は、しばしば床《とこ》に伏せていた。炊事などやらなければならないことがあると、ようやく起き上がり、ラジオのスイッチを入れた。NHK『ラジオ歌謡』を流しながら、家事に勤《いそ》しむのだ。

母・藤原ていは、昭和二十四年に満州引き揚げを綴《つづ》った『流れる星は生きている』を出版し、ベストセラーとなった。この本は、子供に宛てた遺書として書かれたものだった。あまりの身体の不調に、長くはないと考え、あの決死の逃避行の記録を子供たちに残しておきたいと、筆をとったのだった。

寝てばかりの母の状態は、子供心にも不安だった。私は、無理して台所に立つ母の背中を、いつも目で追っていたように思う。その母の姿が、『夏の思い出』に重なるのである。母はその後体調を持ち直し、長寿を全《まっと》うしたが、昨秋（二〇一六）、帰らぬ人となった。この歌を聞くと、今でも瞼《まぶた》の裏に、昼下がりの『歌謡』を聞きながら働いていた母の姿が浮かぶ。

女性ならではのフレーズ

『夏の思い出』の詩の素晴らしさに気づいたのは、大学に進んでからだ。大学で数学一辺倒だった私は、女性にモテなかった。モテない男は、その切なさを詩に託すしかない。私は一時期、しばしば詩を書いていた。具体的な恋人はいないから、恋に恋するような詩である。散逸してしまっていて、ありがたい。歯の浮くような甘ったるいセンチメンタルなものばかりだからだ。

好きな女流詩人は少なかったが、『夏の思い出』の作詞者、江間章子《えましょうこ》はその一人だった。私の大好きな『花の街』も、彼女の作品である。この歌も、『ラジオ歌謡』で流れた曲だ。

ふたつの詩を並べてみると、女性の詩であることが明らかである。

まずは『夏の思い出』。

〈やさしい影　野の小径《こみち》〉

〈夢みて咲いている水のほとり〉

こんなフレーズは、男の私にはとうてい思い浮かばない。

そして『花の街』。

〈七色の谷を越えて
流れていく　風のリボン
輪になって　輪になって
駆けていったよ
歌いながら　駆けていったよ〉

「七色の谷」を「風のリボン」が歌いながら駆けていく。幻想的である。こうした世界を作り上げてしまう感覚に、私は脱帽した。〈駆けていったよ〉という表現にも、感心した。私には到底書けない、いや男性では絶対に書けない詩、と私は思っている。

『花の街』は昭和二十二年、『夏の思い出』は昭和二十四年の作品で、まだ戦後間もない頃のものだ。その時代に、平和で豊かな国を思い描いている。

特に『夏の思い出』は、戦争が終わる一年前、昭和十九年の思い出が元になっているという。疎開先の人に誘われ、食料を求めて尾瀬《おぜ》に行った際に、林の中の湿地帯一面に、白い花——水芭蕉が群生していたのを見たそうだ。

昭和十九年といえば、各地で玉砕が続き、戦局が最悪になっていた頃だ。皆、食べるものに困って、人心も荒《すさ》んでいる。そんな時に彼女は水芭蕉を見た。

自然は戦争と無関係に、変わらずに、そこに美しく存在している。戦争という殺伐《さつばつ》とした殺し合いの一方で、水芭蕉は生を謳歌《おうか》している。彼女はこのことに感激したのではないだろうか。そして、詩で戦争を乗り越えようとした。

〈水芭蕉の花が　匂っている
夢みて匂っている水のほとり〉

とあるが、歌を聞いていると、本当に匂い立ってくるようである。夢見て匂っている水芭蕉とは、自分なのだろう。戦争が早く終わり、平和で美しい日本の戻ってくることを夢見て、水のほとりでじっと待っているのだ。

すごい。男の私には、逆立ちしても書けない。

NHKラジオ番組『ラジオ歌謡』用の作品で、作詞は江間章子、作曲は中田喜直《よしなお》。「荒廃した国土に暮らす日本人に夢と希望のある歌を」とのディレクターの依頼で作られた。昭和24年にシャンソン歌手・石井好子《よしこ》の歌で流れるや、瞬く間に浸透した。ミニ尾瀬公園（福島県南会津郡）には作詞家自筆の詩碑が立つ。

●江間章子《えましょうこ》　新詩運動に参加。昭和を代表する愛唱歌の作詞家でもあり、代表作は『花の街』『花のまわりで』など。著作に『詩へのいざない』『イラク紀行』。91歳で逝去。

いづれの日にか国に帰らむ

人生も仕事も、うまく実を結ばない時がある。実力や運がないのだろうが、私はたいてい他人のせいにする。

若い時分——大学の助手をやっていた二十代の頃、数学の難問がうまく解けない時は、解けないのを自分でなく、両親のかもしだす家庭の雰囲気のせいにした。独立して一家を構えてからは、専《もつぱ》ら、女房のせいにしている。

二十代の頃は、にっちもさっちも行かない泥沼に入り込むと、両親から離れて思索すべく日本の各地に長逗留《ながとうりゆう》した。親元に住んでいたから、月給すべてを、長逗留に注ぎ込むことができた。

一週間ずつ、各地を巡ったりした。

小泉八雲《こいずみやくも》がその夕陽の美しさを絶賛した宍道湖《しんじこ》、森鷗外《おうがい》の故郷の津和野（共に島根県）、『万葉集』にも歌われた鞆《とも》の浦《うら》（広島県）、高村光太郎《たかむらこうたろう》の詩碑がある九十九里浜（千葉県）

椰子の実

作詞：島崎藤村

名も知らぬ遠き島より
流れ寄る椰子《やし》の実一つ

故郷《ふるさと》の岸を離れて
汝《なれ》はそも波に幾月

旧《もと》の木は生《お》ひや茂れる
枝はなほ影をやなせる

われもまた渚《なぎさ》を枕
孤身《ひとりみ》の浮寝の旅ぞ

実をとりて胸にあつれば
新《あらた》なり流離の憂《うれい》

海の日の沈むを見れば
激《たぎ》り落つ異郷の涙

思ひやる八重の汐々《しおじお》
いづれの日にか国に帰らむ

……。小中高と、数学とならび文学が好きだったが、大学で数学を始めてからは封印をしていた。それがずっと蠢《うごめ》いていて、「家から逃げだそう」と考えた時に、無意識に文学的にゆかりのある場所を選んでいたらしい。

数学という学問は、同じ理数系でも、生物や化学や物理と違った苦しみがある。これらの分野では、実験をすれば、それなりに何かの結果が出る。遅々としてでも、進んでいることが目に見えるから、精神的に救われる面がある。

ところが数学は、解けるか、解けないか。〇パーセントか一〇〇パーセントだ。実験もせず、調査もせず、ただじっと考えるのみ。一年考えて、一行も進まないことだってある。傍目《はため》には、昼間からボーッとしているようにしか見えない。例えば九十九里浜では、漁師が漁に出る時間に浜に出、昼食も取らずそこに座ったままじっと考えた。漁師たちは午後三時頃帰ってきたが、私は朝からずっと同じ姿勢だった。すぐ横に高村光太郎の「千鳥と遊ぶ智恵子」の詩碑があった。

文字通り寝ても覚めても考えた。寝ている時に浮かんだアイデアを書き付けるように、枕元に紙とペンを置いて寝た。

数学は、自分が証明しようとしていることが、「正しい」のかどうかも分からない。もし正しくない定理を追い求めていたら、大天才が百万年かかっても証明できない。現代の数学の水準という問題もある。たとえ目指す定理が「正しい」としても、現代数学の武器では解けない可能性もある。こうした不安に、押しつぶされそうになりながら、私は各地を放浪した。

芭蕉ゆかりの伊良湖岬へ

その頃に訪れたのが、渥美《あつみ》半島の先端の伊良湖《いらご》岬（愛知県）である。

松尾芭蕉は、伊良湖岬を訪れ、その時のことを紀行文『笈《おい》の小文《こぶみ》』にしたためている。

《此洲崎《このすさき》にて碁石を拾ふ。世にいらご白といふとかや》

「いらご白」とは、貝殻でできた白い碁石のこと。これが頭にあったので、「伊良湖白を探しに行こう」と彼《か》の地を訪れたのだ。

伊良湖にある国民休暇村（現・休暇村伊良湖）に宿を取った。

当時の休暇村は、廊下側が格子《こうし》になっていて、音が筒抜けになった。夜は静かだから寝るにはいいが、昼間数学をやるには、雑音が耳に入って集中を妨げる。そこで、ボールペンとパッド（数学用ノート）を抱えて、「恋路ヶ浜《こいじがはま》」という美しい名の砂浜に出た。

かつて、柳田国男がこの地に一か月ほど滞在した時に、黒潮に乗って流れ着いた椰子《やし》の実をここ恋路ヶ浜で見つけた。後日、この話を親友の島崎藤村《とうそん》に話した。詩情をかきたてられた藤村は、あの『椰子の実』を完成させたという。

『椰子の実』は、昭和十一年に東海林太郎《しょうじたろう》が歌ってヒットさせた。彼の歌を聞いたことがあるが、テンポがゆっくりで、テノールの美声が心地好《よ》い。

この『椰子の実』に関しては、実を見ている詩人がどこにいるのかが、議論になっているようだ。瑣末《さまつ》な話だ。

〈故郷《ふるさと》の岸を離れて〉いるのは、〈流れ寄る椰子の実〉であり、詩人その人でもある。だからこそ、〈孤身《ひとりみ》の浮寝の旅〉をし、〈いづれの日にか国に帰らむ〉と涙を流す。

現在どこにいるかは問題ではない。自分も椰子も遠く故郷を離れ、彷徨《さまよ》っている。流離の身だ。二十代の私と同じように、孤独なのだ。

唐代の李白《りはく》も杜甫《とほ》も一生を旅で終えた。芭蕉は『おくの細道』で、旅立つ前に、《古人も多く旅に死せるあり》と記したが、この古人とは、同じく伊良湖を訪れた歌人・西行《さいぎょう》のことである。詩人とは、故郷を離れ、流浪するものなのだ。

故郷を離れる。誰もが経験するこの感情を、藤村は流れ着いた椰子の実に重ね、託した。恋路ヶ浜の砂に腰を下ろし『椰子の実』を歌うと、郷愁と、問題が解けない苦悩がないまぜとなり、いつもと違った感慨に囚《とら》われた。

伊良湖で考えていた数学の問題は、半年ほど昼夜の別なく集中し、結局解けなかった。最後は下痢が一か月も続くようになり、怖くなって撤退した。ひとつの問題を十年間考えて解きフィールズ賞をもらった人もいる。半年が私の限界だった。大きな挫折だった。別の問題に乗り換えて論文を書くと、それが評価され、アメリカの大学から招聘《しょうへい》された。この時、流浪で苦悩した経験は、アメリカで、ハーバードやプリンストンで博士をとったばかりの連中と議論する時に、自信となって私を支えてくれた。血の出るような努力だけが自信を与えてくれる。

島崎藤村《とうそん》は柳田国男の話を元に、明治33年、雑誌に詩『椰子《やし》の実』を発表。昭和11年になって大中寅二《おおなかとらじ》が曲をつける。同年NHKのラジオ番組『国民歌謡』の中で東海林太郎《しょうじたろう》によって披露され、たちまち人気となった。戦後は中学生の音楽の教科書に採用され、今なお愛唱されている。

●柳田国男《やなぎたくにお》　明治8年生まれ。日本民俗学の創始者。明治31年、帝大生だった柳田が伊良湖《いらご》に逗留《とうりゅう》し椰子の実を見つける。このことがきっかけで『椰子の実』が誕生。この体験と思索は『海上の道』にも記されている。

去りゆける君に捧げん

小学校五年の頃、それまで味わったことのない不思議な感情に包まれた。その時は分からなかったが、これが〝初恋〟というのだろう。相手は、転校生だった節子さん。休み時間に決まって本を開く、いわゆる文学少女だった。

前髪は水平に切り揃《そろ》えられ、頬《ほほ》はふっくら、笑うとえくぼができた。すでに女性の体つきになりかけていて、胸も膨らみ始めていた。私と同じく背が高かったので、私たち二人は、教室の後ろの席で隣同士の席に座らされた。

ある時、『さくら貝の歌』について節子さんと話した。「いい歌よね、大好きなの」と彼女が言った。彼女を大好きになった。

私が小学生の頃、『ラジオ歌謡』という番組があった。母は家事をしながらこの番組を流していた。『山小舎《やまごや》の灯《ともしび》』『森の水車』『雪の降るまちを』……。私はこうした歌を、ラジオ歌謡で聞いて無意識に覚えた。そのひとつが、『さくら貝の歌』だった。

さくら貝の歌

作詞：土屋花情

美《うるわ》しき　桜貝ひとつ
去りゆける　君に捧《ささ》げん
この貝は　去年《こぞ》の浜辺に
われひとり　拾いし貝よ

ほのぼのと　うす紅《べに》染むるは
わが燃ゆる　さみし血潮よ
はろばろと　かよう香りは
君恋うる　胸のさざなみ

ああなれど
我が想いは儚《はかな》く
うつし世の　渚《なぎさ》に果てぬ

〈美《うるわ》しき　桜貝ひとつ／去りゆける　きみに捧《ささ》げん／この貝は〉

この後、「コゾの浜辺」と続くのだが、耳から聞いていた私は、この「コゾ」が分からなかった。

「コゾの浜辺ってどこ？」

節子さんに尋ねると、例のえくぼを浮かべながら、彼女は優しく教えてくれた。

「コゾは去年って書くのよ」

私は、本好きを自負していた。「少年少女世界文学全集」の中から、冒険やスリルの香りのするもの――『モヒカン族の最後』や『巌窟王《がんくつおう》』『十五少年漂流記』や『宝島』などを選び出し、貪《むさぼ》り読んだ。『小公女』とか『赤毛のアン』のような女の子向きの本以外、すべて読みつくしていた。

ところが、節子さんは文学に関して私の一歩も二歩も先を行っていた。少年少女向けの本を飛び越して、すでに文庫本を読んでいたのである。小学生の私は、文庫は大人の読む高尚なものだと思い、手も触れなかった。周りにも、文庫を読む同級生など一人もいなかった。節子さんだけが、文庫を紐解《ひもと》いていたのである。私は内心、感心した。

その日の節子さんは、『シャーロック・ホームズの思い出』を読んでいた。少年向けの全集で『シャーロック・ホームズの冒険』を読んでいた私は、同じホームズを文庫で読んでいたことに嫉妬《しっと》し動揺したのかも知れない。ちょっといじめて、関心を惹《ひ》こうとしたのかも知れない。言葉が口をついて出た。

「見せびらかしたいんだろう」

節子さんはビクッとすると、黙ってうつむいた。涙が頰を伝い始めた。節子さんは昼休みの間中泣き続けた。五時間目の授業が始まっても泣き止《や》まなかった。気づいた先生が近寄ってきて、彼女に「どうしたんだ?」と声をかけた。

恥ずかしいことを口走ったという自覚のあった私は、「先生に言いつけられたらどうしよう」と心配していた。ところが節子さんは、先生に何を聞かれても、何度聞かれても口を閉じたままだった。結局、五時間目が終わるまで、節子さんは黙って涙を落とし続けた。私は嫉妬心を抱いたことを恥じるより、「ばれなくて良かった」と思っていた。私の小学校時代における最大の恥部である。

それから何もなかったように時が過ぎ、ついに卒業式を迎えた。私は別の中学に進学することになっていて、節子さんとはこれでお別れだった。式の後に、節子さんが小走りで近づいてきた。

「これ、あげる」

節子さんは小さな貝を私に握らせた。さくら貝だった。

「去年《こぞ》の浜辺で拾ったの」

実家が新潟にあり、訪れた際に拾ってきたのだという。節子さんとはそれ以来、会っていない。

後になって気づいた思い

アンリ・ポアンカレ（一八五四〜一九一二）というフランスの数学者がいる。彼は、乗合馬車に乗ろうとステップに足をかけた途端、フックス関数に関する重要な問題が一瞬で解決したという。

天啓《てんけい》は誰にでも下りるわけではない。ポアンカレは考え続けたからこそ、ひらめいたのである。実際、数学者は十年でも二十年でも同じ問題を考え続ける。しつこいのだ。

なぜ節子さんは黙ったまま泣いていたのか。なぜさくら貝をくれたのか。私はポアンカレの如《ごと》く何年も考え続けた。そして、大学院生になった頃、突然、節子さんの思いに気づいた。

〈君恋うる　胸のさざなみ〉

『さくら貝の歌』の歌詞が、すとんと胸に落ちた。実際この歌は、作曲した八洲秀章《やしまひであき》の「片思い」がモチーフになっているという。この歌詞のように、節子さんは、あんな恥知らずのことを言うような私に、恋心を抱いていてくれていたのだ。だからあの時も、かばってくれたのだ。こう気づいた瞬間、私は激しく彼女を想った。

私は、おかっぱのあの愛らしい少女に恋されていた！　この〝事実〟は、一心不乱に数学だけに打ち込んでいた、大学院時代の私を、ずっと支えてくれた。

一度、女房に節子さんの思い出を打ち明けたことがある。すると「未練がましい」とか「妄想」とか「変態」などと言われた。以後私が『さくら貝の歌』を口ずさめば、「うるさい！」と一喝する。嫉妬だろう。

私は今も、節子さんと街でばったり再会し、ただ黙って、いつまでも抱き合うことを妄想している。
数学者にとって妄想とは独創と同義なのだ。

昭和25年発表の『さくら貝の歌』（作詞・土屋花情《かじょう》）は、作曲家・八洲秀章の悲恋が元になっている。八洲は片思いの女性を残して上京するが、時置かずその女性が亡くなる。その思いを、〈わが恋の如《ごと》くかなしやさくら貝　かたひらのみの寂しくありて〉と短歌に詠み、それを元に詞が作られた。

●八洲秀章《やしまひであき》　大正4年、北海道生まれ。作曲家。22歳で作曲家デビュー。代表作に『あざみの歌』。第1回レコード大賞童謡賞受賞の『さくら貝の歌』は倍賞千恵子など多くの歌手に歌われ、ヒットを記録した。

たそがれの灯は ほのかに点りて

七十歳以上なら頷《うなず》くと思うが、この年代の人間がカラオケをすると、決まって歌われるのが、『山小舎《やまごや》の灯《ともしび》』（作詞、作曲・米山正夫《よねやままさお》）である。

〈たそがれの灯は……〉

と誰かが歌い出すと、見事に、全員が唱和する。

『山小舎の灯』は昭和二十二年、まだあちこちに焼け野原の残る頃、NHKの『ラジオ歌謡』の曲として発表された。

昭和二十二年という年は、私たち一家にとっても特別な年だった。

母に連れられ、生死の境を一年余り彷徨《ほうこう》し、やっとの思いで満州から引き揚げてきたのが昭和二十一年の九月。私たちはしばらく、信州・諏訪《すわ》の草深い里の母の実家に身を寄せていた。

昭和二十二年になって、ようやく父の中央気象台への復職が叶《かな》った。恐らく台長をして

山小舎《やまごや》の灯《ともしび》

作詞：米山正夫

たそがれの灯は
ほのかに点《とも》りて
懐かしき山小舎は
ふもとの小径《こみち》よ
思い出の窓に寄り
君をしのべば
風は過ぎし日の
歌をばささやくよ

暮れ行くは白馬か
穂高《ほだか》は茜《あかね》よ
樺《かば》の木のほの白き
影も薄れ行く
寂しさに君呼べど
わが声むなしく
はるか谷間より
こだまはかえり来る

山小舎の灯は
今宵《こよい》も点りて
独り聞くせせらぎも
静かに更けゆく
憧《あこが》れは若き日の
夢をのせて
夕べ星のごと
み空に群れとぶよ

いた伯父の藤原咲平《さくへい》の「えこひいき」だろう。夏頃には、竹橋の焼け跡に急造された気象台官舎に、これまた恐らく伯父の「えこひいき」で、宿舎をあてがわれた。二軒長屋のひとつだったが、家族五人での東京暮らしが始まったのである。「えこひいき」なのは、ここが課長以上の宿舎であり、父はまだ課長補佐だったからだ。

蓄音機もレコードもないから、どの家でもラジオから流れてくる音楽に耳をそばだてた。『ラジオ歌謡』はうってつけの番組だったのである。

『山小舎の灯』で驚かされたのは、その美声だ。歌うは、二十代の近江俊郎《おうみとしろう》。澄み切って哀愁のこもったテノールで歌っていた。四歳だった私でもうっとりするほどだった。

もうひとつ幼な心に感じたのは、日本語——それも文語の美しさだ。

〈ほのかに点《とも》りて……〉

これが、私が初めて意識した文語表現である。誰も教えてはくれなかったが、子供でもなんとなく意味が分かった。そしてその調べが美しく、格調高いことも。

この歌を作曲した米山正夫は、美空ひばりの『リンゴ追分』や水前寺清子の『三百六十五歩のマーチ』などの作曲で知られる。それだけでなく、私の好きな『津軽のふるさと』

（美空ひばり）をはじめ、多くの曲の作詞も手がけている。『山小舎の灯』も米山正夫の作詞である。

私はこの曲を耳にするたびに、戦後の焼け跡の中で、家族そろってラジオで聞いていた頃を、思い出す。

キャンプファイヤーの切なさ

もうひとつの思い出は、高校のキャンプファイヤーだ。

七十歳以上の人間がなぜ揃《そろ》いも揃って『山小舎の灯』を歌うことができるかといえば、キャンプファイヤーの定番曲だったからである。

私にとってのキャンプファイヤーとは、ほろ苦い思い出だ。

今の私にとっては、女性の手を握ったりするのは朝飯前で、そのうちに私の「路チュー」や「真剣交際」が週刊誌のグラビアを飾るのではと、ひそかに怯《おび》えている。

ところが十代の私はシャイの権化《ごんげ》だった。

中学生の頃など、同級生の女の子の母親に道で会うだけで、真っ赤になってしまうほどだった。

「お宅のお坊ちゃん、かわいいわね。私に会うと、真っ赤になっちゃうのよ」

父母会でこんなことを聞かされて帰って来た母は、私を変人のように見た。

引っ込み思案の大人しい少年だったわけではない。むしろその逆で、他校との喧嘩《けんか》とあれば先陣を切った。サッカー部の猛者《もさ》であり、腕力にも体力にも自信があった。

ところが、女の子だけには、意識しすぎて口がきけない。音楽の時間は、女の子たちの天使のようなソプラノの声を聞いているだけで、感激のあまり涙ぐんでしまう。合唱の時にいつも私が下を向いていたのは、涙を必死にこらえていたからである。

キャンプファイヤーの『山小舎の灯』で、サッカー部の猛者が、涙ぐむ姿を見せるわけにはいかない。それに何より、女の子の手を握るなど恥ずかしくてとてもできない。恋を夢見ながら、頻繁に夢見ながら、私は、遠くからキャンプファイヤーを眺めていたのである。

『山小舎の灯』という歌自体、恋を夢見る歌だ。

〈ほのかに〉点った〈たそがれの灯〉は、青春の恋心である。

〈思い出の窓に寄り　君をしのべば〉

「君」の存在はぼんやりしている。特定の人を想っているのではないと思う。恋に落ちれば、ザ・カーナビーツの〈好きさ　好きさ　好きさ〉と激しく直接的になるが、『山小舎の灯』は違う。

〈寂しさに君呼べど　わが声むなしく〉

一番では「恋への憧《あこが》れ」を歌い、二番では「恋の苦しさへの憧れ」を歌い、三番で「恋に憧れることの素晴らしさ」を説く。

〈憧れは若き日の　夢をのせて〉

この甘酸っぱさは、恋を夢見たものだけが分かる、青春特有の感情だ。

案の定、こうした情緒を理解できない女房は、二番の〈暮れ行くは白馬か　穂高《ほだか》は茜《あかね》よ〉を持ち出して、「白馬と穂高が両方見える山小屋なんてないんじゃない」と言う。山好きだから行ったことがあるのだ。実際、調べてみると、白馬岳は長野と富山の県境にあり、穂高岳は長野と岐阜との県境にある。間には三〇〇〇メートル級の山々がそびえているから、両方見える山小屋はないかも知れない。たとえ女房には見えなくても、恋を夢見る純情な私には、たしかに見えていたのだ。

米山正夫は昭和17年に『山小舎の灯』を作詞・作曲するも、敵の米英のメロディとされ未発表に。この歌に惚《ほ》れ込んだ近江俊郎《おうみとしろう》が『ラジオ歌謡』に持ち込み、昭和22年に放送されると、瞬く間にヒットした。同じコンビで『南の薔薇《ばら》』もヒットし、米山、近江をともにスターダムへと押し上げた。

●米山正夫《よねやままさお》　大正元年、東京生まれ。東洋音楽学校（現・東京音楽大学）ピアノ科を首席で卒業。『山小舎の灯』で人気作曲家に。『リンゴ追分』や『車屋さん』など美空ひばりの曲も数多く手がけた。享年72。

磯の鵜の鳥ヤ　日暮にや帰る

悲しい歌は、私にとってさまざまな効用がある。

元気がある時に聞くと、「あまり調子に乗るなよ」と私を戒《いまし》めてくれる。世の中にはたくさんの不幸がある。身近な幸せに甘んじノホホンとしているようではいけないと、調子づく私を諫《いさ》めてくれるのである。

悲しい時に聞くと、悲しみが深まる。涙を涸《か》らすまで流し、どん底まで落ち、そこから一気に復活するのだ。私たち一家は満州からの引き揚げ者だが、母の話では、引き揚げる最中、皆悲しい歌ばかり歌っていたという。本当に辛《つら》い時は、楽しい歌や勇ましい歌では慰められないのだ。

「悲しい歌」の作り手の代表格は、詩人の野口雨情《のぐちうじょう》だろう。

たとえば童謡の『十五夜お月さん』（作曲・本居長世《もとおりながよ》）。

〈十五夜お月さん　御機嫌《ごきげん》さん

波浮《はぶ》の港

作詞：野口雨情

磯の鵜《う》の鳥ヤ　日暮れにや帰る
波浮の港にや　夕焼け小焼け
明日《あす》の日和《ひより》は
　　ヤレ　ホンニサ　凪《なぎ》るやら

船もせかれりや　出船《でふね》の仕度
島の娘達ヤ　御神火《ごじんか》暮《ぐら》し
なじよな心で
　　ヤレ　ホンニサ　ゐるのやら

島で暮すにや　とぼしうてならぬ
伊豆の伊東とは　郵便だより
下田港《しもだみなと》とは
　　ヤレ　ホンニサ　風だより

風は潮風　御神火おろし
島の娘達ヤ　出船の時にや
船のとも綱
　　ヤレ　ホンニサ　泣いて解く

磯の鵜の鳥ヤ　沖から磯へ
泣いて送らにや　出船もにぶる
明日も日和で
　　ヤレ　ホンニサ　凪るやら

婆《ばあ》やは　お暇《いとま》　とりました
十五夜お月さん　妹は
田舎へ　貰《も》られて　ゆきました
十五夜お月さん　母《かか》さんに
も一度　わたしは　逢《あ》いたいな〉
婆やが暇をとったというのは、死んでしまったということだ。妹は口減らしで外に出され、母親は亡くなっていて二度と会えない。どこにも希望がない。
『赤い靴』（作曲・本居長世）。
〈赤い靴　はいてた　女の子〉は、〈異人さんに　つれられて〉行ってしまうし、『青い眼の人形』（作曲・本居長世）だって、〈青い眼をした　お人形は〉、〈一杯涙を　うかべて〉いる。
野口雨情の作る歌は、どこまでも悲しい。
『しゃぼん玉』（作曲・中山晋平《なかやましんぺい》）にいたっては、二番の〈うまれてすぐに　こわれて消えた〉は、生まれて七日目に夭折《ようせつ》した長女のことを歌ったと言われている。

『船頭小唄』（作曲・中山晋平）も雨情の作品である。

〈おれは河原の　枯れすすき
同じお前も　枯れすすき
どうせ二人は　この世では
花の咲かない　枯れすすき〉

と見事に救いがない。

野口雨情自身、幸福とは言いがたい人生を送っている。廻船《かいせん》問屋を営む茨城の名家に生まれるも、父親が事業に失敗。二十二歳の時に父の死により帰郷し、家督を相続。家を守るために政略結婚をさせられる。結婚生活はうまくいかず、雨情は逃げるように各地を転々とする。しかも行く先々で女を作るという自堕落《じだらく》な生活で、将来も見えない。自分でも情けなかったのではないだろうか。

雨情は自分の抱えた「悲しみ」をこれでもかと詩作にぶつける。悲しい詩を大量に書くことで、悲しみを乗り越えようとしたのではないだろうか。

傷心旅行

雨情の作品の中で、私にとって最も胸に迫る歌は、昭和三年発売の『波浮《はぶ》の港』（作曲・中山晋平）である。東京音楽学校（現・東京藝術大学）出の佐藤千夜子《ちやこ》は、このレコードで昭和の流行歌手第一号となった。

「波浮の港」を私は二度訪れている。伊豆大島の南東にある入江で、江戸時代から続く風待ち港である。現在は漁港になっている。

〈なじよな心で　ヤレ　ホンニサ　ゐるのやら〉

二番の歌詞の〈なじょな〉とは、雨情の故郷の茨城の方言で「どんな」という意味だ。〈ヤレ　ホンニサ〉は合いの手。船で出ていく男たちを見送る島の娘たちは、どんな気持ちでいるのか、という内容だ。

当時の大島は、伊豆半島の伊東からの船便しかなく、波が高いと手紙も届かない。心細い島の娘たちの心情が伝わってくる歌である。

雨情は伊豆大島に一度も行かずに、この歌詞を書いたと言われている。一番に〈波浮の

港にゃ　夕焼け小焼け〉とあるが、東南を向いている港からは、山が邪魔して西の空が見えないはず、という理由からである。

私が夕方の波浮の港を訪れた時、たしかに日の入りは見られなかったが、空全体が美しく紅《あか》く染まっていた。行かないで詩を作った証拠とはならないと思う。

私が初めて訪れたのは、二十八歳の時だった。アメリカ留学を控えていた私は、好きでたまらなかった彼女と泣く泣く別れていた。アメリカの数学者と命をかけた勝負をするには、一切を捨て数学に猪突猛進《ちょとつもうしん》するしかないと思い込んでいた。短期ならそれもいいが、長期となるとうまく行かないのだ。若い学者の陥る落とし穴である。後々まで辛い思いをすることとなった。

渡米前に、私は彼女との思い出を涙で流そうと、一人で波浮の港に向かった。もちろん、『波浮の港』が頭にあった。

石原裕次郎の『錆《さ》びたナイフ』。

〈薄情な女《やつ》を　思い切ろうと　ここまで来たか　男泣きした　マドロスが……〉

この歌も頭にあったかも知れない。薄情なのは、私だったのだが。

港近くに宿を取った。夕暮れの海に向かって何度も『波浮の港』を歌った。そして海に向かって涙とともに彼女の名を呼び続けた。その声は、暗くなるとともにめっきり高くなった潮騒《しおさい》にもまれて消えた。宿に戻ると、辺りはくさやの臭《にお》いで包まれていた……。

一生で一番哀しい旅であった。

二度目にここを訪れたのは、その二十年後、女房と一緒に大島見物に行った時だ。波浮の港にも寄ったが、余計なことはいっさい口にしなかった。


『波浮《はぶ》の港』は、昭和3年にレコード（歌・佐藤千夜子《ちやこ》）が発売されるやたちまちヒット。作詞は詩人の野口雨情《のぐちうじょう》。舞台の伊豆大島に行かずに作詞したとされる。作曲は『カチューシャの唄』や『てるてる坊主』で知られる中山晋平《なかやましんぺい》。雨情とのコンビ作品に『証城寺《しょうじょうじ》の狸囃子《たぬきばやし》』や『あの町この町』がある。

●野口雨情《のぐちうじょう》　明治15年、茨城県生まれ。東京専門学校高等科（現・早稲田大学）中退。北原白秋《きたはらはくしゅう》らとともに童謡運動を推進。『七つの子』『十五夜お月さん』『赤い靴』など数多くの作品を残した。享年62。

昨日の夢と焚き捨てる

『湖畔の宿』が世に出たのは、昭和十五年のことである。

この年は、皇紀《こうき》二六〇〇年ということで、国を挙げてさまざまな記念行事が行なわれた。ところが実態は、お祝いするような状況になかった。日中戦争は泥沼化。「ぜいたく禁止令」が出され、東京は「ぜいたくは敵だ」の看板だらけだった。カタカナは外国崇拝につながるとされ、ディック・ミネは三根耕一と改名させられ、ニューヨーク→紐育、サッカー→蹴球《しゅうきゅう》……とあらゆる外来語が漢字に置き換えられた。そして昭和十五年九月、日独伊三国軍事同盟を締結し、いよいよアメリカとの戦争へ踏み出していく。

そんな年に、スターの高峰三枝子（一九一八〜九〇）——当代一の美人歌手が『湖畔の宿』を大ヒットさせた。

すぐに当局はこのレコードを発禁処分にした。悲しい曲調と詩の内容が、時勢に合わないというのである。

湖畔の宿

作詞：佐藤惣之助

1　山の淋しい湖に
ひとり来たのも悲しい心
胸の痛みに耐えかねて
昨日の夢と焚《た》き捨てる
古い手紙のうすけむり

2　水にたそがれせまる頃
岸の林を静かに行けば
雲は流れてむらさきの
薄きすみれにほろほろと
いつか涙の陽が落ちる

(台詞)
「ああ、あの山の姿も湖水の水も、
静かに静かに黄昏《たそが》れて行く……。
この静けさ、この寂しさを抱きしめて
私は一人旅を行く。
誰も恨まず、皆昨日の夢とあきらめて、
幼な児《ご》のような清らかな心を持ちたい。
そして、そして、
静かにこの美しい自然を眺めていると、
ただほろほろと涙がこぼれてくる」

3　ランプ引き寄せふるさとへ
書いてまた消す湖畔の便り
旅の心のつれづれに
ひとり占うトランプの
青い女王《クイーン》の淋しさよ

〈山の淋しい湖に
　ひとり来たのも悲しい心〉

　失恋した女性が、ひとり湖畔の宿を訪れ、彼からの〈古い手紙〉を、〈昨日の夢と焚《た》き捨てる〉。たしかに明るい歌ではない。

『湖畔の宿』が最初にヒットしたのは戦地だった。人は救いのない絶望の中にいると、明るい歌よりも、暗い歌を聞きたくなる。涙を涸《か》らして初めて、人は絶望から立ち上がることができる。

　戦地の兵士たちの希望もあり、高峰さんは何度も戦地へ慰問に訪れた。勇ましい軍歌をリクエストされることはなく、決まって頼まれるのは『湖畔の宿』だったという。

　特に特攻隊員たちがこの歌に感動してくれた、と高峰さんが語るのをテレビで聞いたことがある。

『湖畔の宿』には、台詞《せりふ》が挿入されている。

〈ああ、あの山の姿も湖水の水も、静かに静かに黄昏《たそが》れて行く……。この静けさ、この寂しさを抱きしめて　私は一人旅を行く〉

私は一人旅を行く……。まさに出撃を待つ特攻隊員の気持ちであろう。〈誰も恨まず、皆昨日の夢とあきらめて〉と続く。楽しかったことも悲しかったこともこれまでの人生にあったが、何もかも昨日の夢と諦《あきら》めて、静かに散っていく。これはまさに自分の気持ちそのもの、と特攻隊員たちは思ったに違いない。高峰さんも、台詞の途中で必ず胸が詰まったという。隊員たちは一番の歌詞で、好きだった女性のことを思い、三番の歌詞で、故郷の妻や父母のことを思ったのだろう。

高峰さんによると、日の丸の鉢巻きを額に巻いた隊員たちは、じっと目を閉じ、直立不動で拳《こぶし》を握りしめ、涙を流しながらこの歌を聞いていたらしい。中には、高峰さんのブロマイドを操縦席に貼って飛び立った隊員もいたという。

アメリカには涙がない

私は小学生の頃に初めて『湖畔の宿』を聞いたが、なぜか身につまされた。小中高と片思いの専門家だったが、この歌を聞くと、不思議な気持ちになった。

湖畔の宿を訪れた女性は、実は私のことを想っている。身を焦がすほどに私を想ってくれている。そう思えて心揺さぶられるのだ。そしてすぐに今度は、私が、この女性になっている。失恋の痛みに耐えかねた私が、湖畔の宿で手紙を燃やしている。こうしてこの歌は、いつも二重に私の心を濡らすのである。

この歌を聞きながら、映像として私の頭の中にあるのは、いつも父の故郷、諏訪《すわ》（長野県）にある「蓼《たて》の海」である。直径三百メートルにも満たない小さな湖だ。切り立った山に囲まれていて、まさに「山の淋しい湖」である。子供の頃、冬になるとここで、下駄の裏側にブレード（刃）をつけた「下駄スケート」を楽しんだ。

蓼の海以外でも、山の淋しい湖を見ると、『湖畔の宿』が不意に口をついて出ることがある。ところが、不思議なことにアメリカ留学時代、湖が何千もあるミシガンにいたが、『湖畔の宿』を歌ったことが一度もなかった。

アメリカには涙の堆積《たいせき》を感ずることができなかったのだ。「雄大な自然」があり、美しくはあるが、だだっ広い地にたった二百年ほどの歴史、ということで土壌に涙が滲《にじ》んでいない。飛鳥《あすか》の田圃《たんぼ》の畦道《あぜみち》を歩けば、千数百年間の人々の営み――挫折や失意、死や悲しみを感じ取ることができる。そこに人々の生活――涙の堆積がある。名もなき庶民が流した涙が、日本では風土のすみずみにまで滲んでいる。

かつて処女エッセイ『若き数学者のアメリカ』（新潮文庫）で、「アメリカには涙がない」と断じた。

このエッセイを発表した当時、三十代前半の私は東京大学で講義を持っていた。教室に入り、板書をしようと後ろを向くと、黒板いっぱいに、「アメリカには涙がない」と書いてあった。先日、あるノーベル賞候補となっている物理学者に会ったら、「その時先生は黙って落書きを消して授業を始めました」と言った。


昭和15年に発売され、映画スター・高峰三枝子が歌い大ヒットした歌謡曲。作曲は、『別れのブルース』や『青い山脈』で知られ、のちに国民栄誉賞を受賞した服部良一《はっとりりょういち》。作詞は詩人の佐藤惣之助が手がけた。悲しい曲調と詩の内容が時勢にそぐわないという理由で、すぐに発禁処分となった。

●佐藤惣之助《さとうそうのすけ》　明治23年生まれの詩人。『正義の兜《かぶと》』『わたつみの歌』など多くの詩集を発表した。歌謡曲の作詞家としても知られ、代表曲は『赤城の子守唄』『人生劇場』『大阪タイガースの歌』（通称「六甲おろし」）など。享年51。

あゝ誰か故郷を想わざる

〈花摘む野辺《のべ》に　日は落ちて
みんなで肩を　組みながら……〉

今でも時折、風呂の中でやや音を外しながら歌っていた、父を思い出す。

現代社会はテレビが当たり前で、お茶の間にはCMをはじめ常に音楽が溢《あふ》れている。そういう環境で育った人間に「音痴」は少ないが、明治・大正生まれはそうはいかない。父（明治四十五年生まれ）や母（大正七年）を含め、大半が音痴ではないだろうか。

なのに父は歌が好きで、よく口ずさんだ。居間で歌うと子供たちに笑われるので、風呂の中で歌った。『誰《たれ》か故郷を想わざる』もレパートリーのひとつだった。だから私は、霧《きり》島昇《しまのぼる》が歌うのを聞く前からこの歌を知っていた。

父にとっては、タイトルの通り、郷愁の歌だった。父の胸中には、最後の〈幼馴染《おさななじ》みのあの山この川〉が大きなウェートを占めていたに違いない。

誰《たれ》か故郷を想わざる

作詞：西條八十

花摘む野辺《のべ》に　日は落ちて
みんなで肩を　組みながら
唄をうたった　帰りみち
幼馴染《おさななじ》みの　あの友この友
あゝ誰か故郷を想わざる

ひとりの姉が　嫁ぐ夜に
小川の岸で　さみしさに
泣いた涙の　なつかしさ
幼馴染みの　あの山この川
あゝ誰か故郷を想わざる

都に雨の　降る夜は
涙に胸も　しめりがち
遠く呼ぶのは　誰の声
幼馴染みの　あの夢この夢
あゝ誰か故郷を想わざる

父は郷愁の人だった。夏に暑い日が続くと、「日照りは大丈夫か」「田の水は大丈夫か」と故郷を思いながらつぶやく。冬、暖かい日が続くと、「こんなに暖かいと畑の虫が死なない」と心配する。満州の気象台にいた時も、東京に住んでいた時も、何かにつけ故郷の諏訪《すわ》を心配した。世間では、小説のイメージさながら、「無骨な山男」と思われていたようだが、実は繊細であった。その大本にあったのは〝郷愁〟であった。

ちなみに母・藤原ていは父よりひどい音痴で、家族の前はもちろん、風呂の中ですら滅多に歌わなかった。ところが、『誰か故郷を想わざる』だけはなぜか、よく口ずさんだ。

父と母は昭和十四年に結婚し、翌年、長男が生まれた。『誰か故郷を想わざる』が発売された年だ。第二子の私をお腹に入れたまま、昭和十八年に満州に渡ったのだが、きっと彼《か》の地で〈あゝ誰か故郷を想わざる〉をしばしば歌ったに違いない。遠く離れた満州で、父も母も、故郷を強く思っていた。

今から十数年前、老齢の母を連れて、旧満州の新京《しんきょう》（現在の長春）を訪れた。記憶はあやふやになっていたが、「何度もお前たちをここに連れてきた」というかつて動物園だった場所（現在は植物園）を訪れると、突然、母が覚醒《かくせい》し、「白樺《しらかば》の木があるはず！」と言う。

話半分で、母の言う通り進んでいくと、確かに白樺が何本もあった。

母は諏訪高等女学校（現・諏訪二葉高校）の出身で、その女学校は門から玄関までがずっと白樺だった。満州に白樺を見つけた母は、望郷の念に胸を熱くさせていたのだろう。

父にとっては、二番の歌詞も身にしみたはずである。

〈ひとりの姉が　嫁ぐ夜に……泣いた涙の　なつかしさ〉

父は九人兄弟の三番目で、上に姉と兄がいた。この姉が、いろいろと人生を苦労した人だった。弟妹に対し威張り散らしていた父が、この姉に対してだけは親切で、「姉さんはかわいそうだ」と晩年になっても口ぐせのように言っていた。この歌詞に、親の命令で嫁入りする姉の、悲しげに沈んでいた姿を思い出していたに違いない。

父にとっても母にとっても、『誰か故郷を想わざる』は特別な歌だった。

妄想の姉コンプレックス

戦地の兵隊たちも、この歌を特別な思いで聞いたようだ。

霧島昇によって吹き込まれたこの歌は、当初、「誰か故郷を想わざる」という文語かつ反語表現が難解とされ、「売れない」と考えられたらしい。そこで、このレコードは慰問品として全部戦地に送られてしまったというのである。

戦時中、『支那の夜』などのヒット曲を持つ渡辺はま子が中国大陸を慰問に訪れた。兵士を元気づけようと、威勢のいい軍歌を歌うのだが反応が薄い。『誰か故郷を想わざる』を歌ってくれ、とよく言われたという。慰問レコードが大陸でヒットしていたのだ。こんな哀愁の歌でいいのかと思いつつ、渡辺は歌った。すると、末端の兵士から支那派遣軍総司令官だった畑俊六《はたしゅんろく》陸軍大将までが涙していたという。渡辺はま子も泣きながら歌った。

戦地の兵隊たちが欲していたのは、勇ましい歌ではなかった。郷愁の思いだったのだ。事実、特攻隊員の中にも、出撃前にこの歌を歌う人が多かったと聞く。満州の地で、あるいは戦地で、彼らを支えていたのは「郷愁」だったのだ。

この歌は私にとって、両親の歌であると同時に「姉コンプレックス」の歌でもある。兄、私、妹の三人兄弟の私は、小さい頃から、姉に恋い焦がれていた。甘えさせてくれる姉が欲しかった。

だから〈ひとりの姉が　嫁ぐ夜に……〉を聞くと、私は弟になりきる。空想の中で私は、父の故郷・諏訪にいる。小川の傍《そば》には大きな柿の木があって、私はその太い幹に隠れ、川辺でひとり涙を流す姉を見て、私もこぶしで目頭を拭《ぬぐ》っている。今でも『誰か故郷を想わざる』を耳にすると、私は瞬時に柿の木の陰に佇《たたず》んでしまう。

女房にこの話をしたら、「あなたって今だけでなく、小さい頃からあらぬ妄想の人だったのね」と言われた。

昭和15年発売の歌謡曲（歌・霧島昇《きりしまのぼる》）。作曲家・古賀政男が故郷・柳川（福岡）や幼少期を過ごした京城（現・ソウル）の思い出を詩人の西條八十に話したところ、この詩ができあがったといわれている。慰問用レコードとして戦地に送られたが戦地で愛聴され、内地に逆輸入。大ヒットを記録した。

●西條八十《さいじょうやそ》　明治25年生まれの詩人。雑誌『赤い鳥』で『かなりや』など多くの童謡を発表。ランボー研究者としても知られ早稲田大学の教授を務めた。『東京行進曲』『東京音頭』など歌謡曲、民謡の作詞も多い。享年78。

はかなく生きる　野の花よ

私は、ＮＨＫの朝の連続テレビ小説なるものを、これまで見たことがなかった。「時間の無駄」と切り捨てていた。

女房は大の朝ドラファンである。朝八時になると、チャンネルをＮＨＫに合わす。「ヒマ人だなぁ」といつも思っていた私だが、折からの自粛騒ぎで、家にいたため一緒にテレビを見る羽目になった。

『エール』である。

まず、主人公である作曲家、古関裕而《こせきゆうじ》の少年時代を演ずる男の子の、この世のものとは思えない美しさに呆《あき》れ果て、見るたびに感嘆の声をあげた。この子見たさに毎朝テレビ前に座ることとなった。このドラマにはユーモアやペーソスもあって、展開も面白く、すっかり虜《とりこ》となった。

主人公はさまざまな困難や挫折と格闘するのだが、こっちは、作曲家として大成するこ

長崎の鐘

作詞：サトウハチロー

こよなく晴れた　青空を
悲しと思う　せつなさよ
うねりの波の　人の世に
はかなく生きる　野の花よ
　なぐさめ　はげまし　長崎の
　ああ　長崎の鐘が鳴る

召されて妻は　天国へ
別れてひとり　旅立ちぬ
かたみに残る　ロザリオの
鎖に白き　我が涙
　なぐさめ　はげまし　長崎の
　ああ　長崎の鐘が鳴る

つぶやく雨の　ミサの声
たたえる風の　神の歌
かがやく胸の　十字架に
ほほえむ海の　雲の色
　なぐさめ　はげまし　長崎の
　ああ　長崎の鐘が鳴る

こころの罪を　うちあけて
更けゆく夜の　月澄みぬ
貧しき家の　柱にも
気高く白き　マリア様
　なぐさめ　はげまし　長崎の
　ああ　長崎の鐘が鳴る

とを知っている。ハッピーエンドと分かっているから安心して見ていられる。若い頃はハッピーエンドのアメリカ映画を見下し、主人公が非業《ひごう》の死をとげるようなイタリア映画が好きだった。ところが、六十歳を超した頃からは断然ハッピーエンド派なのだ。

結局、毎朝八時から欠かさず見て、昼十二時四十五分からの再放送で復習し、土曜に一週間の総復習をするという入れ込み方となった。

『長崎の鐘』は、この古関裕而の代表作である。

この歌が発表されたのは、昭和二十四年の夏で、まだ焼け跡が残る頃だった。東京・竹橋の気象台官舎に住んでいた頃、藤山一郎が歌うのをラジオで聞いたのが初めてだった。

『長崎の鐘』は、長崎大学の永井隆医師による同名の原爆体験記がもとになっている。

原爆が投下された当時、爆心地近くにいた永井医師は、被爆したうえ、飛び散ったガラスの破片で頭部の動脈を切る、という大怪我《けが》をした。

応急処置を済ませた永井医師は、生き残った同僚と負傷者の救護に奔走した。

自宅に帰ったのは原爆投下から三日後のことだったという。

自宅に戻ると妻はいなかった。

台所跡の隅に、黒い塊がふたつあった。妻の焼けた骨盤と腰椎《ようつい》だった。傍《かたわ》らには、妻がいつも身につけていたロザリオ（カトリック教徒が祈りを数えるために身につける数珠《じゅず》のようなもの）があった。

〈召されて妻は　天国へ
別れてひとり　旅立ちぬ
かたみに残る　ロザリオの
鎖に白き　我が涙〉

その後、永井医師は原爆症の闘病を余儀なくされ、六年後に死去する。随筆『長崎の鐘』は、病床で口述筆記されたものだ。

母・藤原ていは、満州からの引き揚げ体験記『流れる星は生きている』を昭和二十四年に、日比谷《ひびや》出版社という小さな会社から上梓《じょうし》した。その数か月前に、同じ出版社から出たのが、この『長崎の鐘』だった。

古関裕而による鎮魂歌

この歌を歌ってヒットさせたのは、藤山一郎である。

〈こよなく晴れた　青空を〉という歌詞そのままの透き通った美声だった。

〈うねりの波の　人の世に

はかなく生きる　野の花よ〉

戦争といううねりの中で、はかなく生きる野の花。野の花は、私たち名も無き日本人のことだろう。「もののあわれ」である。

藤山一郎といえば、『東京ラプソディ』など、いつも明朗快活に歌っていた印象があるが、この歌を歌う時だけは直立不動で、よく目に涙を浮かべていた。

古関裕而は戦中、多くの軍歌・戦時歌謡の作曲をした。「勝って来るぞと勇ましく」の『露営の歌』や、「ああ　あの顔で　あの声で　手柄たのむと～」の『暁《あかつき》に祈る』などである。どちらも全国民に歌われた。

自分の作った歌で、多くの若者を戦場に送ってしまったことが、戦後になって古関の心の重荷となっていたという。

『長崎の鐘』は、サトウハチローの詩を見た瞬間、頼まれもしないのに作曲をしてしまったそうだが、古関にとってこの歌は、祈りであり、鎮魂歌《ちんこんか》でもあったのだろう。〈なぐさめ　はげまし～〉から、歌は明るく転調する。あたかも明るい希望を込めているかのようだ。きっと古関は国民を、そして自分をも励ましていたのだろう。

私は若い頃、この歌をきれいなメロディの曲としか思っていなかった。

私が三十六歳の時に、父・新田次郎は急逝した。この頃から、この歌の深さがしみじみと分かるようになった気がする。自然に涙がわいてきてしまう。

『長崎の鐘』にはもうひとつ、因縁がある。

父は昭和五十四年、紫綬褒章を受章しているのだが、その時、一緒に受章したのが、古関裕而その人だった。

これだけ因縁があったのだから、私がヒマ人に仲間入りしたのも、致し方ない。見えない糸にひかれていたのだ。

長崎に原爆が落とされた当時、長崎医科大学（現・長崎大学医学部）助教授だった永井隆医師が執筆した記録エッセイ『長崎の鐘』は、昭和24年に発売されるやベストセラーに。同書をモチーフにしたサトウハチロー作詞・古関裕而作曲の同名曲が同年に大ヒット。翌年には映画化もされた。

●古関裕而《こせきゆうじ》　明治42年、福島県生まれ。昭和5年日本コロムビアに入り、早稲田大学応援歌『紺碧《こんぺき》の空』やNHKラジオ連続放送劇『君の名は』主題曲、高校野球大会歌『栄冠は君に輝く』など5000曲以上の作曲を手がける。享年80。

さらば祖国よ 栄えあれ

再び『エール』（NHK朝の連続テレビ小説）である。

ご存じの通り、作曲家・古関裕而《こせきゆうじ》（役名・古山裕一）と妻・金子《きんこ》（役名・音）をモデルにしたドラマであるが、ここに登場するのが「福島三羽ガラス」である。

ドラマの中でキザなプリンスとして登場する佐藤久志は、実在のバリトン歌手・伊藤久男がモデルで、元新聞記者の村野鉄男は、作詞家・野村俊夫を下敷きにしている。古関、伊藤、野村の三人は同郷・福島の出で、実際に「福島三羽ガラス」と称されていた。

彼らトリオによる初めての大ヒット作が、昭和十五年の『暁《あかつき》に祈る』である。日中戦争が始まって三年がたち、ヨーロッパでも、ドイツのポーランド侵攻を皮切りに第二次大戦が始まっていた。

日本国内では配給制が始まり、「ぜいたくは敵だ」の看板が町に溢《あふ》れた。紀元二六〇〇年奉祝典が行なわれたのもこの年で、町々は久方ぶりの活気で賑《にぎ》わった。

暁《あかつき》に祈る

作詞：野村俊夫

ああ　あの顔で　あの声で
手柄たのむと　妻や子が
ちぎれる程に　振った旗
遠い雲間に　また浮かぶ

ああ　堂々の　輸送船
さらば祖国よ　栄《さか》えあれ
遥《はる》かに拝む　宮城《きゅうじょう》の
空に誓った　この決意

ああ　傷ついた　この馬と
飲まず食わずの　日も三日
捧《ささ》げた生命《いのち》　これまでと
月の光で　走り書き

ああ　あの山も　この川も
赤い忠義の　血がにじむ
故国《くに》までとどけ　暁《あかつき》に
あげる興亜《こうあ》の　この凱歌《がいか》

『暁に祈る』は、陸軍省の指導で製作された同名映画の主題歌として作られた。映画はサッパリだったが、主題歌がヒットした。
この曲は今耳にしても郷愁を誘う。日本人はかつて、誰もが「郷愁の人」だったからヒットしたのだ。
〈ああ　あの顔で　あの声で
手柄たのむと　妻や子が
ちぎれる程に　振った旗
遠い雲間に　また浮かぶ〉
兵士は遠く戦地で、妻や子の顔を思い浮かべている。古関裕而のメロディも、伊藤久男の歌も、どちらも格調高く、しかも心を強く揺さぶる。兵士たちはこの歌を、郷愁の念にまみれながら歌ったことだろう。
〈捧《ささ》げた生命《いのち》　これまでと
月の光で　走り書き〉
書いているのは、残した家族への遺書ではないか。戦意高揚どころか、ここにあるのは、残してきた親や妻や子への熱い想いばかりだ。

この頃、『別れのブルース』（昭和十二年）、『雨のブルース』（昭和十三年）と、淡谷《あわや》のり子が立て続けにヒットを飛ばしていたが、『暁に祈る』も同じ系列の歌である。大戦の迫り来ることを肌で感じながら、やるせない気持ちをこうした哀愁の歌に託したのだろう。

会津の悲哀

戦前のすべてを否定したGHQにより、戦後は軍歌も禁止となった。福島三羽ガラスは暗転した。『暁に祈る』は軍歌ではなく、戦時歌謡なのだが、十把《じっぱ》一絡《ひとから》げにされ禁止となった。そればかりか、軍歌をいくつも作った古関、軍歌をいくつも歌った伊藤は、戦争協力者と批判された。

戦争協力者を批判するのは理不尽だ。戦争が始まる前に勇気をふるい、戦争反対を唱えた人々は敬服に値する人々だ。しかしいざ開戦となれば、国や故郷や家族を守るため、全国民は一丸となって、戦わねばならない。家が燃えているのに「火事はよくない」と叫んでも、火は消えないのだ。

ところが多くの日本人、とりわけ知識人は、戦後、戦争協力者を密告したり批判することで、GHQの覚えめでたくなることを狙ったのである。戦争画を描いた藤田嗣治《ふじたつぐはる》も、画壇からスケープゴートにされ、戦争協力者として日本を追われた。藤田はその後、日本に戻ることはなかった。晩年、「私は日本を捨てたのではない、日本に捨てられたのだ」と口にしていたという。

私の大伯父《おおおじ》の藤原咲平《さくへい》は、中央気象台長を務めていた気象学者だったが、戦時中、風船爆弾の開発に携わったため、戦後、公職追放となった。

戦後、政財官学の中枢に生き残ったり、新たに中枢に食い込んだ人々の中には、GHQに尻尾《しっぽ》を振り、戦争協力者をあげつらっては罵詈雑言《ばりぞうごん》を浴びせた人々も多かった。

福島三羽ガラスの中で、最もダメージを受けたのは、歌手の伊藤久男だった。古関裕而作曲の『露営の歌』の他にいくつもの軍歌を歌っていたこともあり、批判が集中。『イヨマンテの夜』(昭和二十四年、作曲・古関裕而)のヒットで復活を果たすまでの数年間、酒に溺《おぼ》れ、再起不能とまで言われていた。

誰かを悪者にすることで自らが浮上するという、日本人の卑しい面が、戦後のドサクサで姿を現したのである。

一方で今、古関裕而がドラマ化されていることに、私は日本人の美しい惻隠《そくいん》を見る。明治維新以降、戊辰《ぼしん》戦争で薩長《さっちょう》と戦った会津を始め福島県は、理不尽にも賊軍の汚名を着せられ、虐《いじ》められ続けてきた。明治、大正、昭和を通じて、政官財で出世した福島県人はほとんどいない。秋田新幹線も山形新幹線も会津を外した。江戸時代、会津は仙台に次ぐ東北第二の都市だったのだ。何年か前に、会津出身の新島八重《にいじまやえ》の生涯を描いた大河ドラマ『八重の桜』（平成二十五年）が放送されたが、それまで白虎隊《びゃっこたい》は大河ドラマで絶対に取り上げられなかった。東日本大震災ゆえの企画だった。

私は震災以降、福島産の米や桃、酒などを取り寄せて食している。戊辰戦争と大震災を知れば、福島に涙しない日本人はいないだろう。『エール』にも同様の側面があり、ドラマ人気の背景には、日本人すべての福島への想いがある。

だからこそ、この私が、生まれて初めて朝ドラにハマってしまった。

昭和15年封切りの映画『暁に祈る』の主題歌として作られた戦時歌謡。作曲の古関裕而《こせきゆうじ》、作詞の野村俊夫、歌手の伊藤久男は、同じ福島の出身で、周囲から「福島三羽ガラス」と称された。野村俊夫には他に、『湯の町エレジー』『東京だョおっ母《か》さん』などのヒット曲がある。

●伊藤久男《いとうひさお》　明治43年、福島県生まれ。帝国音楽学校卒。夏の高校野球全国大会で歌われる『栄冠は君に輝く』の歌唱でも知られる。『暁に祈る』のヒットでスター歌手の仲間入りをした。他に『イヨマンテの夜』など。享年72。

第3章

秋

——夕焼、小焼のあかとんぼ

負はれて見たのは いつの日か

小学五、六年生で、英語が正式教科になるという（※二〇二〇年から実施）。小学生からせっせと英語を学ばせて、グローバル化に対応しようという魂胆《こんたん》らしい。多くの日本人は、早期英語教育に疑問を持っていないようだが、大きな間違いと思う。

中学一年の時、音楽の先生が、「君たちの記憶力は今がピークで後はどんどん落ちていく」と言った。今と大違いに純真無垢《むく》だった私は、それを真に受け、直《ただ》ちに語学に全精力を傾けた。中一から英語、中二からドイツ語、中三からフランス語を学び、大学時代はそれらに加えロシア語、それ以降もスペイン語やポルトガル語に手を出した。はるか五十年前、私はグローバル化を先取りしていたのである。この結果、英語は高校時代、どんな模試でも抜群の成績だった。

ところが、昭和四十七年（一九七二）にアメリカに留学して驚いた。皆、英語が私より上手《うま》いのだ。「英語なら書いても話しても誰よりうまい」と自慢していた私は、つまらぬ

赤蜻蛉《あかとんぼ》

作詞：三木露風

夕焼、小焼《こやけ》の
あかとんぼ
負はれて見たのは
いつの日か。

山の畑の
桑の実を
小籠《こかご》に摘んだは
まぼろしか。

十五で姐《ねえ》やは
嫁に行《ゆ》き
お里のたよりも
絶えはてた。

夕やけ小やけの
赤とんぼ
とまつてゐるよ
竿《さお》の先。

ことを自慢していたものだと、つくづく恥ずかしかった。

いくら英語がうまくても、世界に出たら何のこともない、ということに気づいていなかったのだ。滅多に後悔しない私だが、語学に打ち込んだ時間で古今東西の古典や名作を読みまくっていれば、もう少しマシな人間になれたのにと、今も強く後悔している。

アメリカ、イギリスの大学で教鞭《きょうべん》をとったが、向こうでシェークスピアについて尋ねられたことは一度もない。ロンドン駐在の商社マンは、取引先の家に招かれた際、縄文式土器と弥生式土器の違いについて聞かれたという。ケンブリッジ大学教授でフィールズ賞受賞者のT教授は、私との初対面でいきなり、「三島由紀夫の自殺と、夏目漱石の『こころ』の中の先生の自殺は関係があるのか」と聞いてきた。こういった質問に何も言えないような人間は、イギリスの知的階級では相手にされない。教養に欠けたつまらない人、と烙印《らくいん》を押されてしまうのである。

グローバル化社会において求められるのは、「英語力」ではなく「教養力」なのである。とりわけ自国文化をどれくらい理解しているか、が問われる。小学生に学ばせるべきは、英語ではなくて圧倒的に国語なのだ。小学生は全授業時間の半分は国語でいいくらいだ。

充分な読書を通し、論理、情緒、道徳など人間としての基盤を固め、自国文化を学ばせるのである。

空を覆った赤とんぼ

音楽という教科も、「国語」のひとつであると考える。

戦前は、「唱歌」という教科があり、「美感ヲ養ヒ徳性ノ涵養《かんよう》ニ資スルヲ以《もつ》テ要旨トス」と、唱歌で美的感覚を養わんとしていた。

〈兎《うさぎ》追ひし彼《か》の山……〉(『故郷《ふるさと》』)

〈松原遠く消ゆるところ……〉(『海』)

かつての文部省唱歌は、ほとんどが文語調だった。文語には、連綿と続いてきた日本文化の香りがある。子供たちは唱歌を口ずさむことで、自然とそれを学んでいた。

童謡『赤蜻蛉《あかとんぼ》』(赤とんぼ)を作詞した三木露風《みきろふう》は、兵庫県の龍野《たつの》に生まれた。幼少時、両親が離婚したため、父方で暮らすこととなった。

〈夕焼、小焼《こやけ》の　あかとんぼ　負はれて見たのは　いつの日か〉

三木少年を負《お》ぶうのは、〈姐《ねえ》や〉だ。この頃は、貧乏な家の少女は、口減らしで外に出された。三木少年の世話をするのも、そんな子守の少女だろう。

三木少年にとって、〈姐や〉は母親代わりである。そんな姐やが、年若くして〈嫁に行《ゆ》き〉、とうとう〈お里のたよりも　絶えはて〉てしまった。

　この〈里〉には、ふたつの説がある。ひとつは〈姐や〉が結婚し、彼女からの便りがなくなったという説で、もうひとつは、〈姐や〉が実母の里の出で、彼女を通じて母の消息を聞いていたのだが、姐やが嫁いだので、それが叶《かな》わなくなったという説だ。姐やへの慕情か、母への思慕か。どちらにせよ悲しい話である。

　私は子供の頃、故郷の信州で、赤とんぼで空全体が薄赤く染まるのを見た。赤とんぼが空を埋め尽くしていたのだ。その赤とんぼが、さらに夕陽に照らされる。

〈夕焼、小焼の　あかとんぼ〉とは、そんな光景ではないか。

ところが戦後すぐ、音楽の教科書に採用した際、以下の箇所をばっさり切ってしまった。

〈十五で姐やは　嫁に行き　お里のたよりも　絶えはてた〉

「十五歳の婚姻は憲法違反」「姐やは差別語」というのがその理由だったそうだ。

英語に「politically correct《ポリティカリイ コレクト》」という言葉がある。「政治的に正しい」という意味だが、実際は「いかなる差別も許さない」の意である。芸術にそんな論理を持ち込むのは頓珍漢《とんちんかん》と言ってよい。音楽は情緒教育なのだ。憲法違反だ、差別だと断罪するのではなく、この子の悲しみや姐やの辛《つら》い運命に共感・同情し、涙することこそ大事ではないか。

童謡が、子供たちに歌われなくなっているのは実に残念である。童謡を歌い継ぐことは、祖父母や曾祖父母から連綿と伝わる情緒を受け継ぐことでもある。祖父母と一緒に歌える歌のない国ほど、惨《みじ》めなものはない。

初出は『樫《かし》の実』大正10年8月号。童謡集『真珠島』に収録する際、ほぼ現在の形になった。昭和2年、山田耕筰《こうさく》により曲が付けられ、戦後、国定教科書『5年生の音楽』に採用されたことで国民的愛唱歌となる。平成18年、文化庁と日本PTA全国協議会により「日本の歌百選」に選定された。

●三木露風《みきろふう》　明治22年生まれ。20歳で詩集『廃園』を発表、北原《きたはら》白秋《はくしゅう》と並び立ち、「白露」と併称される。象徴詩の立場から明治末期～大正初期の詩壇に一時代を画した。代表作に象徴詩集『白き手の猟人《かりゅうど》』。享年75。

うらうらと山肌に抱かれて夢を見た

美空ひばりは、言わずと知れた国民的歌手であるが、数多《あまた》の曲の中からたった一曲を選べと言われたら、私は断然、『津軽のふるさと』を選ぶ。

この曲は、昭和二十七年十一月に封切られた『リンゴ園の少女』の挿入歌である。小学三年生だった私は、同じ年の春に、同名のラジオドラマをやっていたのも知っていたが、「少女」と名のつくものに触れるのは男の恥と、無論無視していた。主題歌『リンゴ追分』の「リンゴぉ〜の花ぁびらがぁ〜」というフレーズが街中に流れていたが、私にとっては女々《めめ》しい歌にすぎなかった。

『津軽のふるさと』を聞いたのは、四十歳を過ぎてからである。この時が初めてだったのか、何度目だったのかはよく覚えていないが、十五歳の美空ひばりが、よく通る声でこの曲を歌うのを、レコードで聞いたのである。

胸にしみ入る絶唱だった。直《ただ》ちに天才と確信した。

津軽のふるさと

歌：美空ひばり

りんごのふるさとは
北国の果て
うらうらと山肌に
抱《いだ》かれて夢を見た
あの頃の想い出
ああ今いずこに
りんごのふるさとは
北国の果て
りんごのふるさとは
雪国の果て
晴れた日は晴れた日は
船がゆく日本海
海の色は碧《あお》く
ああ夢は遠く
りんごのふるさとは
雪国の果て
ああ津軽の海よ山よ
いつの日もなつかし
津軽のふるさと

歌がうまい、声がきれい、そんなことではない。わずか十五歳の少女が、〝懐かしさ〟という、人間のもつ極めて深い情緒を、しっかりと理解し、歌を通して表現していたからだ。

私たち家族五人は、私の研究の都合で、イギリスのケンブリッジに一年余り住んでいたことがある。帰国してから二年後、一家でケンブリッジを再訪した。

情緒に疎《うと》い女房でさえ、「私が裏庭に植えたチューリップの球根が咲いているわ！」「肉屋のおばさんが私のこと、覚えてくれていた！」と、涙ぐんでいた。

ところが小学校四年生を頭とする三人の息子たちは、「この建物、覚えてる！」、「この道を曲がると八百屋があるよ」、などと自らの記憶を反芻《はんすう》するものの、まったく感動していない。彼らには、〝懐かしさ〟という高度な情緒が未《いま》だ育っていなかったのだ。

バルセロナ五輪（一九九二年）の平泳ぎで、中学二年生の岩崎恭子選手が金メダルを獲得し、「今まで生きてきた中で、一番幸せです」と言って話題になった。十四歳の少女が「今まで生きてきた中で」と言うので、皆クスリと笑ったが、十代の少年少女にとっての「人生」とは、曲折のない、直線のように単純なものだろう。

美空ひばりは違った。十五歳というのに、懐かしさという深い情緒、有限の時間の後に必ず朽ち果てる、という人間の宿命に根差した根源的悲しみを、完全に理解していたのである。ひばりは、「情緒を深く理解し、見事に表現する」という意味での天才だったのだ。

美空ひばりには多くのヒット曲がある。『柔《やわら》』『川の流れのように』『悲しい酒』『真赤な太陽』……。どれも素晴らしいし、味わいもある。だが本当の意味での彼女の絶頂は、『津軽のふるさと』ではないか。声の伸びといい、声の美しさといい、美空ひばりは十五歳で絶頂に達したのである。

作家の五木寛之さんと話す機会があって、歌謡曲の話で盛り上がった。美空ひばりの話になって、私が、『津軽のふるさと』が断然好きだと言うと、五木さんも同じ意見だった。彼は歌謡曲の専門家と言ってもよいほどの人なので、私は意を強くした。

実際、五木さんは美空ひばり本人にそのことを言ったという。少し驚いたようだったが、その次のコンサートで、『津軽のふるさと』を歌ってくれたという。

クラシックばかり弾いたり聞いていて、歌謡曲は滅多に認めない偏屈狭量の女房でさえ、『津軽のふるさと』を流すと、「いい歌だわ」と聞きほれている。この曲は、歌謡曲というより歌曲なのだ。

〝ふるさと〟の再発見

日本人なら誰でも、『津軽のふるさと』に感動するはずである。この曲に感動しないような人は日本人でない、別の国に移り住んでほしいとさえ思うほどだ。

舞台は津軽である。多くの日本人にとって、縁もゆかりもない地であろう。

〈うらうらと山肌に抱《いだ》かれて〉

だが一番のこのあたりに来ると、私は涙ぐんでしまう。〈山肌〉は「母親」の象徴である。山肌に抱かれ、母親に抱かれるのだ。

〈あの頃の想い出〉とは母の腕に抱かれた故郷での日々だ。

〈ああ今いずこに〉というあたりで、皆、自分の故郷を思い浮かべているはずである。

この歌が流れた昭和二十七、二十八年、日本は戦後の混乱が終わり、ようやくひと息ついていた。だが都市部にはまだ戦火の跡が色濃く残っていた。私が住んでいた竹橋から御茶ノ水駅にかけて、四階以上の建物は、「主婦の友」と明治大学本館くらいしかなかった。

『津軽のふるさと』の中には、〝日本〟があった。懐かしい〝ふるさと〟があった。リンゴの赤、空と海の青、田畑の緑……。私たちが知るふるさとの色だった。

国土は戦争で荒廃しつくされたけれど、〝ふるさと〟はそのまま残っている。人々は、美空ひばりの『津軽のふるさと』によってそれを再確認し、安堵《あんど》したのである。

　この後、日本は高度成長期に突入する。〝ふるさと〟を再確認した自信が、それを可能にした。

当時人気のラジオドラマを映画化した『リンゴ園の少女』（昭和27年公開）の挿入歌で、昭和28年『馬っ子先生』のB面で発売された。ヒット曲『リンゴ追分』も同映画の挿入歌。作詞・作曲は米《よね》山正夫《やままさお》。米山は作曲家として『山小舎《やまごや》の灯《ともしび》』や『三百六十五歩のマーチ』など多くのヒット曲を持つ。

●美空《みそら》ひばり　昭和12年生まれ。9歳で芸能界デビュー。生涯レコーディング数は1500曲超。『港町十三番地』『愛燦燦《あいさんさん》』など放ったヒット曲は数知れず。平成元年、52歳で生涯を閉じた。同年、女性初の国民栄誉賞を受賞。

雨の色はいぶし銀

二葉あき子の代表作といえば、何と言っても『夜のプラットホーム』（作詞・奥野椰子《やし》夫《お》、作曲・服部良一《はっとりりょういち》）であろう。戦後間もない昭和二十二年の大ヒットで、二葉あき子の名は、これで知れわたった。

東京・新橋駅の柱の陰から、戦地へ出征する夫を見送る新妻。涙を見せると非国民扱いされるので、泣くこともできない。そんな切ない歌だが、メロディが美しく、幼い頃から好きな曲だった。

ところが二十歳頃から、同じ二葉あき子の曲でも、戦前に歌った『古き花園』が気になり始めた。

作詞は、童謡『ちいさい秋みつけた』や『リンゴの唄』で知られるサトウハチローである。

『古き花園』はリフレインが効いている。一番、二番、三番と、

古き花園

作詞：サトウハチロー

古き花園には
想い出の数々よ
白きバラに涙して
雨が今日も降る
昔によく似た
雨の色はいぶし銀
ああ　変りはてた
さみしいわが胸

古き柳の蔭《かげ》
想い出の数々よ
細き指に囁《ささや》きて
風は今日も吹く
昔によく似た
風の言葉その香り
ああ　夢は消えて
さみしいわが胸

古き小窓の中
想い出の数々よ
黄昏《たそがれ》行くこの庭に
鳥が今日も泣く
昔によく似た
鳥の姿その声よ
ああ　みんな棄《す》てた
さみしいわが胸

〈想い出の数々よ〉を二行目に、

〈昔によく似た〉を五行目に、
おいている。

〈昔によく似た〉だから、昔を懐かしむ歌である。

今考えると、二十歳頃の私に大した「昔」などなかったはずだ。せいぜい、隣の中学校の生徒と喧嘩《けんか》したとか、中学高校大学の受験勉強に励んだとか、片想いの王者だったとかくらいで、心を濡らす思い出というほどのものはない。にもかかわらず不思議に、この歌が心に沁《し》みたのである。

デートをしたことすら一度もなく、恋に恋していた頃、若手研究者として数学に没頭していた頃、恋をしていた頃、失恋を重ねた頃、いつも、胸にこの歌があった。

二十九歳で渡ったアメリカでも、この歌を口ずさんだ。

アメリカでの一年目はミシガン大学だったが、ほろ苦い記憶が多い。ある秋の日、決死の覚悟を決めた私は、アメリカンフットボールのチケット二枚手に、一緒にいかないか街で会った女の子を手当たり次第に誘った。誰もＯＫと言わない。何人かに振られたら、ズボンのポケットの中で、握りしめていたチケットが、汗でグチャグチャになっていた。
ミシガンだったが、冬になるとみぞれや雪の舞う日が続いた。夏と秋の猛勉強の反動もあったのだろう、年が明けた頃、重度のホームシックに陥った。朝からベッドに臥《ふ》せる日が多くなった。毛布を抱きしめながらアメリカには「涙」がないと思った。壮大なグランドキャニオンを訪ねても「ワンダフル！」と思うだけだった。それに比べ、飛鳥《あすか》の里を訪ねた時には、何気ない田んぼの畦道《あぜみち》を歩きながら、古くからの人々の涙の堆積《たいせき》を感じた。

アメリカには「涙」がない。

私は何をしなくともだるい身体《からだ》をベッドに横たえながらそう思った。この言葉は、後に日本エッセイスト・クラブ賞をいただいた『若き数学者のアメリカ』（新潮文庫）の帯となった。アメリカ人は、〈白きバラに涙〉することもなければ、〈雨の色〉が〈いぶし銀〉であることも、〈細き指に囁《ささや》きて〉風が吹くということも、理解し難いはずだ。

私は、涙の堆積のないアメリカで、身も心も渇《かわ》いてしまった、と思った。『古き花園』を口ずさみながら、日本から遠く離れ、乾ききったアメリカに一人でいる自分の惨《みじ》めさに打ちひしがれた。

「老い」で研ぎ澄まされるもの

二葉あき子が『古き花園』を世に出したのは、二十四歳の時である。東京音楽学校（現・東京藝術大学音楽学部）で学んだソプラノ歌手だけあって、高くて澄んだ美しい声だ。

ところが四十歳前後で喉《のど》を痛め、高音が出なくなった。二葉あき子はそれを苦にして自殺を図ったという。「高音の歌だけが歌ではない」という作曲家の服部良一のアドバイスを胸に、彼女は低音を磨き復帰を飾った。

七十歳を過ぎた二葉あき子が歌う『古き花園』を聞いたことがある。もはや美しいソプラノではなかったが、〈想い出の数々〉を重ねた人間、人生を知った人間だけが醸《かも》し出す、深みのある歌になっていた。

『古き花園』を歌うたびに、私は心が洗われる。

何がなくとも、すべてを失っても、たった一人になっても、自分には〈想い出の数々〉がある、と思えてくる。些細《ささい》な日常に振り回され、くよくよイライラしている自分が、馬鹿らしくなってくる。私の心は『古き花園』で蘇《よみがえ》り、明日に希望をつなぐことができるようになる。

私の人生は、猪突猛進《ちょとつもうしん》であった。前しか見ていなかった。

小学校五年の時点で「数学者になる」と決めた私は、数学に専念するために猛烈に勉強し、中一で英語をマスターし、ついでに中二でドイツ語、中三でフランス語をやっつけた。私は他の誰よりも「前だけ」を見て生きていた。後ろはもちろん横も見なかった。

今でも一日のほとんどを前だけ見て過ごしているのだが、ある拍子に、ふと立ち止まる時がある。その瞬間、〈想い出の数々〉が私の胸に去来し、心は涙で洗われる。

情緒は年齢を重ねるごとに深くなる。肉親の死を体験することも大きいのだろう。自分が死に向かって着実に歩みを進めていることも、年齢とともにひしひしと感ずるようになる。人間の深い情緒はすべて、「一定時間後に朽ち果てる」という根源的悲しみと結びついている。従って、死を意識するような年齢となって、ますます情緒が研《と》ぎ澄《す》まされていく。私たちは老いることで、若い人間が太刀打ちできない「情緒」を手に入れるのである。

老人が「涙もろい」というのは、自制心が弱まるからだけではない。情緒が本当に研ぎ澄まされてくるからである。

昭和14年公開の映画『春雷《しゅんらい》』（佐々木啓祐《けいすけ》監督）の主題歌として作られ、二葉あき子の歌唱でヒット。作詞はサトウハチロー、作曲は数多《あまた》の映画音楽を手がけた早乙女光《さおとめみつる》。作曲家の服部良一《はっとりりょういち》が早乙女の原曲を聞き、「いい曲なので詩を付けてくれ」とサトウハチローに依頼したことで誕生した。

●二葉《ふたば》あき子《こ》　大正4年、広島県生まれ。女学校で音楽教師をしていたが、昭和11年『愛の揺籃《ゆりかご》』で歌手デビュー。戦後、『夜のプラットホーム』『水色のワルツ』『フランチェスカの鐘』などのヒットを飛ばした。享年96。

儘になるなら いま一度

『雨に咲く花』は、女々《めめ》しい歌である。

〈およばぬことと 諦《あきら》めました
だけど恋しい あの人よ
儘《まま》になるなら いま一度
ひと目だけでも 逢いたいの〉

東京音楽学校（現・東京藝術大学音楽学部）の本科を首席で卒業したオペラ歌手、関種《せきたね》子《こ》が歌って、昭和十年にヒットした。ところがその二年後に、泥沼の日中戦争が始まる。この女々しさは何だ、ということで、発禁処分になってしまった。

恋に泣く女の心情を描いた、いわゆる「女歌」だが、作詞をしているのは高橋掬太郎《きくたろう》である。男の心情を女に仮託しているのである。

数学の大天才、岡潔《おかきよし》先生はこう言った。

雨に咲く花

作詞：高橋掬太郎

およばぬことと
諦《あきら》めました
だけど恋しい　あの人よ
儘《まま》になるなら　いま一度
ひとめだけでも
逢いたいの

別れた人を
思えばかなし
呼んでみたとて　遠い空
雨に打たれて　咲いている
花がわたしの
恋かしら

はかない夢に
すぎないけれど
忘れられない　あの人よ
窓に涙の　セレナーデ
ひとり泣くのよ
むせぶのよ

《女は男にもっとも近い生物である》（『春宵《しゅんしょう》十話』）

その通りで、女の心理だけは分からない。アメリカ時代にオリエンタル・プレイボーイとしてならした私でも分からない。今でも読み誤って恥をかく。恋に破れ、いつまでもメソメソと女々しく嘆き続けるのは、女ではない。いつの時代でも男である。嘆き続け泣き続けるうちに、心の中で別れた恋人はどんどん美化されていく。益々《ますます》忘れがたくなり、半世紀も尾を引くことさえある（私）。

女性はまったく違う。私の女友達（美人）が、「恋に破れたら一か月以内に新しい恋人を作るわ」と言っていたのを思い出す。

そんなに忘れられないなら、相手に自らの気持ちを率直に告げ、やり直しを懇願すればよい、と思うかも知れないが、そうはいかない。男にはプライドと面子《メンツ》がある。そもそも、失恋でめそめそし続けているという事実が恥ずかしい。そこで「あの時、こう言っていたらよかった」「あんなこと言わなかったら」といつまでも綿々と後悔し続ける。

高校二年生の修学旅行の後、「反省会」と称し、クラスの男女合わせて十五名ほどが集まってゲームをした。「失恋した時にどうするか」を無記名で紙に書き、それを順番に読み上げ、誰が書いたのかを当てるゲームである。

私はこう書いた。

「『雨に咲く花』を一日中聞いている」

その頃、井上ひろしがこの歌をリバイバルとして歌い、流行していた。

こんなことを書くのは誰かと騒然となった。誰も私とは思わなかった。私はサッカー部の猛者《もさ》、硬派中の硬派と目されていたからである。女子に対しては興味があった。と言うか異常な興味があった。それなのに、と言うかだからこそ、それをおくびにも出さず、女子とは何と口さえきかなかったのである。この回答が、私のものと分かった時の皆の驚きようはなかった。

反省会のあと、クラス一の美人Kさんが私に、「これ、あげるわ」と恥ずかしそうに写真を差し出した。私が写っていた。修学旅行中にこっそり撮ったらしい。私に好意を抱いていたのだろうが、私はそれに応えられなかった。意中の人(不美人)が別にいて、構ってもらえず悶々《もんもん》としていたのだ。恐らくKさんも私も、別の方向を向いて『雨に咲く花』を歌っていたのかも知れない。

実は数年前、写真をくれた彼女のご主人から連絡があった。不治の病に冒され入院中の彼女が、私にどうしても会いたいと言っている、ということだった。私はすぐに彼女を大学病院に訪ねた。半世紀ぶりに会う彼女は、六十歳を過ぎるもまだ美貌の片鱗《へんりん》を保ってい て、私との再会を喜んでくれた。不治の病とは見えないほど元気だった。帰り際に、「退院したらまた会いましょうね」と言って、手を取り励ました。半年後に亡くなった。

プラトニックな恋

最近は、『雨に咲く花』を聞くと、ある女性編集者を思い出してしまう。この女性は編集者の鑑《かがみ》とでもいうべき人で、私が新しい作品を構想していると、そのための資料を集めてくれるなど、労を惜しまなかった。徹底的に私に尽くしてくれた。仕事以外で会ったことはなかったが、大好きだった。

ところが彼女は、四十歳を過ぎて末期の乳癌《にゆうがん》を患《わずら》ってしまった。抗癌剤が効いて数年間は何とか生きながらえたのだが、肺に転移し、とうとう再入院となった。

その報を受けた数日後、私は蓼科《たてしな》の山荘に向かう夜道を、『雨に咲く花』を流しながら車で走っていた。
小学生の一人娘を残して行く彼女の胸の内を思うと、突然、前方の道がまったく見えなくなった。
〈はかない夢に　すぎないけれど
忘れられない　あの人よ〉
数か月後に、彼女は帰らぬ人となった。
『雨に咲く花』は、男からすると、願望の歌でもある。今一度、一目だけでも会いたいと、自分を想い、窓辺でむせび泣いてくれる女性。そんな女性に愛されたいという願望である。
私にとって、この女性編集者は、手を握ったことさえないのに、『雨に咲く花』の女性だった。女の心理は分からないと言ったが、男の心理も分からない。

『雨に咲く花』は、昭和10年公開の映画『突破無電』（村田実監督）の主題歌として作られた。歌はソプラノ歌手の関種子《せきたねこ》。作曲は『片《かた》瀬波《せなみ》』で知られる池田不二男《ふじお》。作詞は高橋掬太郎。歌はヒットするも、時局にそぐわないと発売禁止に。戦後の昭和35年、井上ひろしの歌でリバイバル・ヒットした。

●高橋掬太郎《たかはしきくたろう》　明治34年、北海道生まれ。函館日日新聞社在職中に作詞した『酒は涙か溜息《ためいき》か』がヒット。『片瀬波』『並木の雨』などで流行作詞家となる。他に『ここに幸あり』など。著書に『日本民謡の旅』。享年68。

風は想い出の夢をゆすりて

「若い時分のほうが感受性が鋭い」という人がいるが、それほど単純ではない。たしかに、恋愛に対する感受性は若者のほうが鋭いが、十代より二十代、二十代より三十代……と、年を経るごとに深くなっていく情緒もある。

「永遠の別れ」に近づいて行くことで、郷愁などは深くなる。私もすでに父と母を亡くした。両親との永遠の別れを体験し、郷愁はさらに深くなった。「懐かしむ」という情緒が年々大きくなる。

『マロニエの木蔭』は昭和十二年の曲である。昭和十二年といえば泥沼の日中戦争が始まった年で、日本は以後、混乱を極めるのだが、そんな中、この美しい曲が生まれた。

歌った松島詩子《うたこ》は、もともと広島の女学校で音楽教師をしていたのだが、歌手になりたくて三十二歳の時に上京した。美人ではないが、何とも言えない魅力的な声の持ち主である。

マロニエの木蔭

作詞：坂口 淳

空はくれて丘の涯《はて》に
輝くは星の瞳《ひとみ》よ
なつかしのマロニエの木蔭に
風は想い出の夢をゆすりて
今日も返らぬ歌を歌うよ

彼方《かなた》遠く君は去りて
わが胸に残る瞳よ
想い出のマロニエの木蔭に
一人たたずめば尽きぬ想いに
今日もあふるる熱き涙よ

空はくれて丘の涯に
またたくは星の瞳よ
なつかしのマロニエの木蔭に
あわれ若き日の夢の面影
今日もはかなく偲《しの》ぶ心よ

〈なつかしのマロニエの木蔭に〉

「マロニエ」といえば、当時の日本人はパリのシャンゼリゼ通りを思い浮かべたであろう。詩は格調のある文語調で、曲はタンゴ調である。文語、タンゴ、パリ、という不思議な組み合わせでできた曲である。

一番の〈風は想い出の夢をゆすりて〉のあたりで、私の心もゆすられる。そして、二番の歌詞に私の心はとことん揺さぶらされる。

〈彼方《かなた》遠く君は去りて

わが胸に残る瞳《ひとみ》よ〉

愛する人はもういない。黒い瞳だけが、胸に残って消えない。私もふいにあの頃の辛《つら》い気持ちを思い出す。そして、〈今日もあふるる熱き涙よ〉で、私の抑制は臨界点に達し、涙腺《るいせん》は決壊する。

三番の〈またたくは星の瞳よ〉で、「あ、瞳は星に昇華したのか」とやや落ち着きを取り戻し、〈若き日の夢の面影〉でようやく冷静さを取り戻す。

『マロニエの木蔭』を最初に聞いたのは小学生の時だが、好きになったのは大学生の頃だったと思う。

都立大学理学部の助手をしていた二十九歳の時、アメリカへ渡った。

私は「アメリカの数学者を相手に命がけで戦おう」、「日本の数学者の凄《すご》さを思い知らせてやろう」などと力んでいた。戦いの修羅場《しゅらば》に挑む武者として、好きでたまらなかった女性を置いて行った。

ラマヌジャン（一八八七〜一九二〇）というインドの天才数学者がいる。高卒だった彼は、チェンナイの港湾局で事務員をしながら数千もの新しい定理を発見したのである。それがついにケンブリッジ大学のハーディ教授の目に留まり、驚愕《きょうがく》したハーディは、二十七歳の時にラマヌジャンを研究員としてケンブリッジ大学に招聘《しょうへい》した。高卒としては初めてだった。彼は、戦いの場に妻は不必要と郷里に残した。異国でたった一人の奮闘が続いたが、ラマヌジャンはついにノイローゼになり、自殺未遂までした。病魔にもおかされた彼は、帰国を余儀なくされ、翌年、ほとんど一緒に暮らすことのできなかった妻に看取られ、三十三歳の生涯を閉じた（詳しくは拙著『心は孤独な数学者』新潮文庫）。

一年未満なら息を詰めて猛然と戦える。だが一年を超えるとダメだ。私もアメリカで一時期ノイローゼになったから、ラマヌジャンの気持ちはよく分かる。その時の私の胸に去来していたのは、〈わが胸に残る瞳〉だったのである。

実際、振った、振られた、喧嘩《けんか》別れなら簡単に忘れられる。しかし、お互いに心の中で強く惹《ひ》かれ合いながら、別れざるを得ないことがある。このような辛い別れは、いつまでも心に残りくすぶり続ける。

涙で滲んだスピード違反

私の場合、金髪の女の子たちと遊ぶことで、ノイローゼから脱した。時々女房にそのことを話すのだが、「あらよかったわね」と取り合わない。ところが一度、「わが胸に残る瞳」のことを話したら、途端に顔をゆがめた。私が未練を抱いていることを見抜いたのだ。目に涙が滲《にじ》んでいたのに気づいたのかも知れない。以来、私は彼女のことを一切、口にしていない。

私の車の中には、『マロニエの木蔭』の入ったCDが差してある。クラシック一辺倒という偏見に満ちた女房は、私が古い歌謡曲のCDを流し始めると、すぐに助手席で寝入ってしまう。

先日、助手席で寝ている女房を尻目に、そんなCDを聞いていると、中央高速の笹子《ささご》トンネルを抜けたあたりで、『マロニエの木蔭』が流れ始めた。それまで渋滞でいらついていたのだが、あっという間に清らかな気持ちになった。

そして、歌に促されるように彼女への思いが溢《あふ》れた。一番で感情が高まり、二番の歌詞に差し掛かり、涙が滲んだ。三番を聞きながら、気持ちよく余韻に浸っていると、突然けたたましいサイレン音が聞こえてきた。覆面パトカーだった。

「左側に止まりなさい」と背後から拡声器が言う。

私は、八十キロ制限の高速を一一四キロで走っていたらしい。一発免停は免れたが、三十四キロオーバーで、罰金に簡易裁判にと散々な目にあった。

警官が止めた車の窓まで来て話し始めた頃、女房が「どうしたの、何かあったの」と寝《ね》呆《ぼ》け眼《まなこ》で言った。「わが胸に残る瞳」が犯人とは気づかないようだった。

最近、初孫が生まれ、姓名判断を調べた女房は、何を思ったか自分の姓名も占ったらしい。

「姓は藤原、名は美子、というのは最悪と出ているわ。やはり他の人と結婚すればよかった」と嘆いた。女房にも「わが胸に残る瞳」がいるのかも知れない。

作詞・坂口淳、作曲・細川潤一。曲が難しすぎてお蔵入りしていたが、昭和12年に発表され、松島詩子の弾き語りによって大ヒット。坂口は『子鹿のバンビ』の作詞家としても知られる。作曲家の細川は他に、三橋美智也の『古城』や志村けんで有名になった『東村山音頭』を作曲している。

●松島詩子《まつしまうたこ》　明治38年、山口県生まれ。女学校の音楽教員だったが、歌手を夢見て上京。昭和7年に歌手デビューする。『マロニエの木蔭』の大ヒットで人気歌手の仲間入り。NHK紅白歌合戦にも計10回出場した。

今宵別れの 霧が降る

奈良光枝《みつえ》さんと私は、私が中学生の頃から愛し合っている仲である。

最近知ったのだが、奈良光枝さん本人が、自らの数あるレパートリーの中でとりわけ好きな歌が、『白いランプの灯《とも》る道』だという。まさに私と同じだ。二人が一心同体の動かぬ証拠である。

それに私は、彼女のサインも持っている。愛し合っている証拠だ。

母・藤原ていがNHKに出演した際、メイク室で彼女にばったり会い、「アメリカで数学をしている息子が、奈良さんの大ファンなんです」と告げた。大正七年生まれの母は奈良光枝さんより五歳年上だから、気安く話しかけたのだろう。「あら嬉《うれ》しいわ、若い男性のファンなんて」と言って、奈良光枝さんは、母の差し出した手帳にサインをしてくれたのだ。

母は早速、アメリカのミシガン大学で研究していた私に、そのサインを送ってくれた。

白いランプの灯《とも》る道

歌：奈良光枝

通いなれた　歩きなれた
しき石道よ
今宵別れの　霧が降る
さよなら　さようなら
涙見せずに　別れましょうよ
銀杏《いちょう》並木に　霧が降る

白いランプ　灯る道を
肩すり寄せて
今宵かぎりの　アンブレラ
さよなら　さようなら
胸にひびくは　別れの唄よ
遠い汽笛に　夜が更ける

あの日あの夜　みんな夢の
しき石道よ
今宵別れの　霧が降る
さよなら　さようなら
生きていたなら　また逢いましょう
これが最後と　云わないで

二人の愛の証となった。他人に見せると価値が下がるので、誰にも見せていない。家宝として秘匿している。無論、女房も隠し場所を知らない。

私が奈良光枝さんを見初《みそ》めたのは、高校一年生の頃である。

昭和三十四年四月十日、皇太子明仁《あきひと》親王と美智子さまのご成婚パレードが行なわれたが、我が家もそれを見るため、家に白黒テレビを買った。私はこの時すでに、『悲しき竹笛』をラジオで聞いて知っていた。近江俊郎《おうみとしろう》とのデュエット曲で、奈良光枝さんの最初のヒット曲である。

〈ああ細くはかなき竹笛なれど〉

私は彼女の美しくはかなさを秘めた声に、か細く清楚《せいそ》な女性を夢想した。

テレビで初めて、奈良光枝さんを見た。彼女は私のちょうど二十歳上なので、当時三十六歳だったはずである。夢想していた以上に美しく、やさしく、たおやかで、よくもこんなに美しい女性がこの世に現れた、と声を失った。私は彼女がテレビに映るたびに、ひたすらカメラで写真を撮りまくった。今もこれら白黒写真はとってある。

奈良光枝さんの死

『白いランプの灯る道』が発表されたのは昭和二十六年で、この年に、サンフランシスコ講和条約が調印された。NHKの「紅白歌合戦」がスタートしたのもこの年だった。戦争が終わって五、六年たち、ようやく落ち着きを取り戻し始めていた中で、『白いランプの灯る道』が生まれた。

〈通いなれた　歩きなれた　しき石道よ／今宵別れの　霧が降る〉

どこの港町だろうか。霧の降る敷石道を、男女が歩いている。

〈涙見せずに　別れましょうよ〉

失恋と片思いの専門家である私の胸に、しみじみと沁《し》みわたった。

〈白いランプ　灯る道を　肩すり寄せて／今宵かぎりの　アンブレラ〉

二人は相合い傘で霧降る敷石道を、肩すり寄せて歩いている。手を握るわけでもキスをするわけでもない。肩を通した体温――これだけで何もかも通じ合うのだ。奈良光枝さんと肩をすり寄せ合っているのは、無論、私である。

〈生きていたなら　また逢いましょう／これが最後と　云わないで〉

感情を押し殺した、深く静謐《せいひつ》な愛だ。青森・弘前《ひろさき》育ちの、奈良光枝さんの奥ゆかしさが、見事に表現されている。涙を滲《にじ》ませた瞳《ひとみ》で、私を見上げながら彼女はささやく〈これが最後と云わないで〉。私の目にも涙が滲んでくる。

私が愛した奈良光枝さんは、昭和五十二年五月十四日、帰らぬ人となった。

葬儀が青山斎場で午後一時から行なわれる、と新聞で知った私は、最後のお別れに行こうと考えた。中学生の頃から恋い焦がれた唯一の女性である。佳人薄命の通り、五十三歳で亡くなった彼女を涙で送るのは、私の義務であった。

あいにくその日のその時間には、東京大学での講義が入っていた。義務と義務が激しく衝突した。葬儀をとるか講義をとるか、一週間も考えたが、結論が出ない。父に相談すると一刀両断、

「公務優先に決まっている！」

と言われた。私は泣く泣く葬儀への参加を諦《あきら》めた。

私の青春は、この日に終わった。

その翌年、彼女を失った悲しみの中、今の女房と出会った。生き写しだった。私は天の思《おぼ》し召しと思い、何も考えずに結婚した。

五木寛之さんも、奈良光枝さんと同郷の作家・長部日出雄《おさべひでお》さんも、女房を見て「そっくり」と言う。「初恋の人と結ばれて幸せですね」とまで五木さんは言ってくれる。しかし、中身は月とスッポン、鯨《くじら》と鰯《いわし》なのだ。

亡くなってから十数年後、奈良光枝さんの故郷・弘前を訪れた。彼女の生家や学校などを見て回り、最後に菩提寺《ぼだいじ》を訪ね、葬儀に行けなかったお詫《わ》びと、私の愛が不変であることを墓前で伝えた。

今も奈良光枝さんの歌をしばしばCDやYouTubeで聞いては、涙ぐみ、永遠の愛を反芻《はんすう》する。女房も嫉妬《しっと》はしない。「似ている」と言われ続けたせいで、私の奈良光枝さんへの永遠の愛を、自分への愛と勘違いしているのかも知れない。

奈良光枝のヒット曲『青い山脈』（藤山一郎とデュエット）の「青」、『赤い靴のタンゴ』の「赤」に続く、「白」として昭和26年1月にレコードが発売された『白いランプの灯る道』（作詞は丘灯至夫《おかとしお》、作曲は古関裕而《こせきゆうじ》）。作詞家の丘は、『高校三年生』『高原列車は行く』なども手がけている。

●奈良光枝《ならみつえ》　大正12年生まれ。昭和15年歌手デビュー。東洋音楽学校（現・東京音楽大学）卒。美人歌手として名高く、ヒット曲は『悲しき竹笛』など。初期のＮＨＫ紅白歌合戦に9回連続で出場した。53歳で逝去。

夢のような小糠雨 亡き母の囁き

母・藤原ていが九十八歳で亡くなってから、もうすぐ二年がたとうとしている。穏やかな兄や妹に比べ、私はしばしば母とぶつかった。どうやら気の強い母の気性をそっくり受け継いだらしく、母とはよく口論となった。

私の減らず口に腹を立てた母が、

「お前など北鮮（北朝鮮）の山の中に捨ててくれば良かった」

と言ったことさえあった。

母は戦後、子供三人を抱えながら、必死の思いで満州から朝鮮半島を抜け、日本へと戻ってきた。北朝鮮に捨てられていれば、九十九パーセント、私は死んでいただろう。そればかりか、気の強い母に率いられていなければ、一家全員、野垂《のた》れ死にしたに違いない。

私は、小さい頃から母の手をかけてばかりだった。

小学校一年生の時、友達の手の上に椅子から跳び下りて友達の指を折った。中学生にな

小雨の丘

作詞：サトウハチロー

雨が静かに降る　日暮れの街外れ
そぼ降る小雨に　濡《ぬ》れ行くわが胸
夢のような小糠雨《こぬかあめ》　亡き母の囁《ささや》き
独《ひと》り聞く独り聞く　寂しき胸に

（台詞）
「ああ、母さん、
あなたが死んで三年《みとせ》、
私はこの雨にあなたを想う　雨、雨、
泣きぬれる雨、木の葉も草も、
そして私も」

辛《つら》いこの世の雨　悲しき黄昏《たそがれ》よ
そぼ降る小雨に　浮かぶは想い出
移り行く日を数え　亡き母を偲《しの》べば
ともしびがともしびが　彼方《かなた》の丘に

（台詞）
「ともしび、ともしび、
母さんの瞳《ひとみ》によく似たともしび、
私は歌おう、私の好きなあの丘で、
母さんを思う心からの歌、
ああ、なつかしい想い出の歌」

丘に静かに降る　今宵の寂しさよ
そぼ降る小雨と　心の涙よ
ただ独り佇《たたず》めば　亡き母の面影
雨の中雨の中　けむりて浮かぶ

ると、何かにムシャクシャしていたのか、発作的に学校の羽目板を素手で殴って割った。教室の床に砲丸で大きな穴を開けたこともある。高校の時は、漢文の時間にこっそり抜け出しテニスをしたり、三階の窓から立ちションをした。「人のやらないことをする」ということに、当時の私は大きな価値を置いていたのである。そのたびに母は学校に呼び出され、小言《こごと》をくらった。家に帰ってきて私の顔を見るや、「お前は本当に次から次へと、お母さんに迷惑をかけるね。もう謝り歩くのはコリゴリですからね」と叱《しか》るのであった。

母には毎日のように叱られたり、小言を言われたりしたが、いなくなってみると、身にこたえる。思い出すと、息苦しくなることさえある。

日も暮れた仕事場から自宅への帰り道。私はひとり、闇にまぎれて、母を思い出しながら歌を口ずさむようになった。『小雨の丘』である。

詩人サトウハチローが、亡き母を想って書いた詩である。

『ちいさい秋みつけた』や『リンゴの唄』の作詞で知られるサトウハチローだが、彼は大の不良であった。小学校時代から不良道一直線、中学になると拍車がかかり、なんと留置場にもぶち込まれた。父親から勘当されるほどの大不良なのに、書く詩のほうは抒情的で素晴らしい。

男なら誰もが、少なからず母親コンプレックスを抱えているものだが、サトウハチローの場合は極端で、晩年には、「母親」という言葉を耳にしただけで涙を流したという。実際、『小雨の丘』をはじめ、母を想う詩をなんと数千も作っている。

六十歳で初めて聞く

優れた曲には、共通した構造がある。

一番はたいていイントロダクションである。例えば『仰げば尊し』をとると、一番で情緒は掻《か》き立てられるが、涙には早い。クライマックスはたいてい二番だ。「身をー立てー名をーあげー」で、気分が高揚して涙が溢《あふ》れる。そして三番の〈蛍のともし火　積む白雪〉あたりで落ち着きを取り戻し、余韻に浸るのである。

『小雨の丘』もそうだ。亡き母を思い出す一番はイントロ。二番の〈辛《つら》いこの世の雨　悲しき黄昏《たそがれ》よ〉でもうダメだ。

小夜福子《さよふくこ》のけだるい声で「辛いこの世」と歌われると、この世の辛さ、とりわけ母を失った後の辛さが身にしみる。そして「辛いこの世」と決めつけるサトウハチローの気迫に衝撃を受ける。

〈そぼ降る小雨に　浮かぶは想い出／移り行く日を数え　亡き母を偲《しの》べば……〉

何年前だったか、桜が満開の頃、母を車椅子に乗せ市役所前の通りを歩いた。母の頭や顔に桜の花びらが降りかかるのを、母は払うでもなくじっとしていた。そんな思い出で胸が張り裂けんばかりになる。

そして三番に差し掛かり、ようやく落ち着いてくる。

ただしこの一番と二番、二番と三番に挟まれた「台詞《せりふ》」は余計だ。

〈ああ、母さん、あなたが死んで三年《みとせ》……〉

というのは、あまりにもセンチメンタル過ぎる。だから私はこの歌を聞く時は、台詞のところだけ耳をふさぐ。実際は、聞くとはなしに台詞を聞いてしまい、「わかってる、わかってるからもう言うな」と言いながらも、感情を高ぶらせる。

昭和十五年に発表された『小雨の丘』を初めて聞いたのは、実は六十歳を過ぎてからだ。聞いてみて、「こんな名曲があったのか」と驚いた。若い頃に耳にしていたのに、気に留めなかった可能性もある。不治の病に冒された母がいたからこそ、この歌の素晴らしさに気づいたのかも知れない。

母亡き今、この歌が身にしみる。あの母が、他の誰でもないあの母が、永遠にいなくなってしまったという事実に、押しつぶされそうになる。『小雨の丘』は、そんな気の遠くなるような悲しみを少しだけ紛らわしてくれる。

私は今日も、日暮れの街外れ、暗い夜道を『小雨の丘』を口ずさみながら、家路へと急ぐ。たとえ不覚の涙が頬《ほほ》を伝わっても、気づかれることはない。

昭和15年に小夜福子《さよふくこ》の歌で発表（作詞・サトウハチロー、作曲・服部良一《はっとりりょういち》）。戦後、高峰三枝子など多くの歌手がカバーした。小夜は宝塚歌劇団出身で、この歌で歌手デビュー。作詞のサトウハチローは『小雨の丘』同様、母への想いを込めた抒情的な詩が多く、母に関する作品が約３０００存在する。

●サトウハチロー　明治36年、東京生まれ。詩人。父は作家・俳人の佐藤紅緑《こうろく》。作家・佐藤愛子は異母妹。童謡に『ちいさい秋みつけた』『うれしいひなまつり』、歌謡曲に『リンゴの唄』『長崎の鐘』など作品は数知れず。享年70。

雨がふります 雨がふる 昼もふるふる 夜もふる

生まれて初めて読んだ本は、『赤い鳥』だった。

雑誌『赤い鳥』は、鈴木三重吉《みえきち》により大正七年（一九一八）に創刊された児童文芸誌で、芥川龍之介の『蜘蛛《くも》の糸』や有島武郎《ありしまたけお》の『一房の葡萄《ぶどう》』、新美南吉《にいみなんきち》の『ごん狐《ぎつね》』はここから生まれた。北原白秋《きたはらはくしゅう》や西條八十《さいじょうやそ》などの詩人も参加し、ここから『からたちの花』など多くの童謡が世に出た。この雑誌の抜粋が単行本化されていたのである。

昭和二十一年、満州から引き揚げてきた私たち母子四人は、諏訪の母の実家に落ち着いた。間もなくソ連軍により抑留されていた父が帰国し、中央気象台に復職した。半年後、私たち四人は故郷の信州から東京に出て父と合流し、竹橋の官舎、焼け跡に建てられた十坪ほどの急造長屋に落ち着いた。十坪だったが、家具がほとんどないので狭いとは感じなかった。本は一冊もなかった。ある日、父が『赤い鳥』を買ってきてくれた。兄弟三人が初めて手に取った本だった。一字一句、貪《むさぼ》るように読んだ。何度も何度も読んだ。文字通

雨

作詞：北原白秋

雨がふります。雨がふる。
遊びにゆきたし、傘はなし。
紅緒《べにお》の木履《かつこ》も緒《お》が切れた。

雨がふります。雨がふる。
いやでもお家《うち》で遊びましょう、
千代紙《ちよがみ》折りましょう、
たたみましょう。

雨がふります。雨がふる。
けんけん小雉子《こきじ》が今啼《な》いた、
小雉子も寒かろ、寂しかろ。

雨がふります。雨がふる。
お人形寝かせどまだ止《や》まぬ。
お線香花火もみな焚《た》いた。

雨がふります。雨がふる。
昼もふるふる。夜もふる。
雨がふります。雨がふる。

り、『赤い鳥』は私たち兄弟の宝物になった。

ここで、北原白秋の『雨』を知った。

〈雨がふります。雨がふる。

遊びにゆきたし、傘はなし。〉

雨が降って何もすることがない。そんな寂しさが滲《にじ》み出ている。この詩は童謡ともなり、ラジオで川田孝子が歌うのを何度も聞いた。高校生の頃だったたか、ふと『雨』を久し振りに聞いた。

衝撃を受けた。

最後の三行である。

〈雨がふります。雨がふる。

昼もふるふる。夜もふる
雨がふります。雨がふる。〉

北原白秋の独創性に、私は震え上がった。雨で遊びに行けない子供の気持ちを考えれば、最後に「雨が上がる」とか「晴れる」という明るく前向きな希望が出てきてよい。白秋はそうではない。雨は降る、昼も夜も降り続く。夢も希望も与えず、徹底的に叩《たた》きのめす。

ここがすごい。私たちは誰も、有限の時間の後に必ず死ぬ。この言いようのない悲しみをこの三行が、見事に表現している。弘田龍太郎《ひろたりゅうたろう》による暗い曲調も、この詩に合っている。

実際、私も含めて、日本人は「雨」の歌を好む。ざっと思いつくままに並べても、ディック・ミネの『或《あ》る雨の午後』、小夜福子《さよふくこ》の『小雨の丘』、渡辺はま子の『雨のオランダ坂』、奈良光枝さんの『雨の夜汽車』……と尽きない。

欧米にも雨の歌はある。ただ、ジーン・ケリー主演の映画『雨に唄えば』では彼が雨の中、踊りながら楽しく歌っている。ジョニー・レイのヒット曲『雨に歩けば』は、失恋ソングなのだが、これも口笛を吹きながら楽しく歌っている。中学生頃の愛唱歌だったが、私も浮き浮き歌っていた。

しとしと降る日本の風土特有の雨は、仏教からくる無常観などと結合し、「もののあわれ」として古くから受容されている。日本の情緒と言ってよい。この情緒が白秋の『雨』に結実している。

この歌は歌い継がねばならない、と強く思う。『雨』は音楽教育というより、情緒教育に必要なのである。

拡声器から流れた『雨』

私にとって『雨』が特別なのは、ある思い出と結びついているせいでもある。

若い頃、私は数学の難問に行き詰まると、地方に一週間ほど逗留《とうりゅう》し、そこで思索するという方法をよく用いた。

ある時、三河湾を望む蒲郡《がまごおり》ホテル（現・蒲郡クラシックホテル）に泊まった。志賀直哉の定宿だったホテルで、私は事前に志賀直哉が泊まった部屋を調べ、わざわざその部屋に泊まった。

ホテルから五分ほど歩くと、竹島弁天を祀《まつ》る小さな島が見えてくる。私はこの島を一周したり、海辺の岩に腰を下ろしたりしながら、思索に耽《ふけ》った。

数学に悩み果て、近くを散策していると、船着き場にあった売店の拡声器から、ラジオが流れていた。聞くともなく聞いていると、三十代の女性が『雨』をリクエストした。彼女は小学一年生の頃、毎日、学校から帰るやランドセルを放り出し、入院している母の元に駆けつけたという。お母さんは「ごめんね、ごめんね、遊んでやれなくてごめんね」といつも彼女に謝った。

彼女は、そんな母の枕元で歌を歌ってあげた。白秋の『雨』だった。それを聞くとお母さんはいつも「うまいわね」とほめてくれた。

拡声器から流れる『雨』のもの悲しい調べに、私は足を止め聞き入った。

病床の母親はまだ三十前の年齢だろう。当時の私と同じ年頃である。母親の無念さ、辛《つら》さが、数学漬けだった私の心に響いた。

結核にかかっていたお母さんは、しばらくして他界した。

〈雨がふります。雨がふる。
昼もふるふる。夜もふる。
雨がふります。雨がふる。〉

私は三河湾を見ながら、立ちつくしていた。

大正7年、雑誌『赤い鳥』（9月号）に発表された北原白秋による詩。翌年、創刊1周年の記念会を帝国劇場で開催し、そこで成田《なりた》為三《ためぞう》作曲の童謡が披露された。現在口端《くちは》に上る曲は、大正10年発表の弘田《ひろた》龍太郎《りゅうたろう》作曲のもの。弘田は『雀《すずめ》の学校』『春よ来い』『鯉《こい》のぼり』などの作曲でも知られている。

●北原白秋《きたはらはくしゅう》　明治18年生まれ。詩、短歌、童謡、民謡など幅広い分野で活躍した国民的詩人。「あめあめ　ふれふれ　かあさんが～」の『アメフリ』や『城ヶ島《じょうがしま》の雨』など、白秋には優れた雨の詩が多い。享年57。

第4章

冬へ

——汚れつちまつた悲しみに

汚れつちまつた悲しみに 今日も小雪の降りかかる

私は二十九歳になったばかりの夏、アメリカに渡った。ミシガン大学の研究員として招かれたのだ。

当時の私は、「アメリカの数学者ごときに負けてなるものか」という気概に溢《あふ》れていた。日本男児の凄《すご》さを思い知らせるべく、猛勉強に励んだ。

大学のあったミシガン州アナーバーは、北緯四十二度に位置する。日本でいうと函館とほぼ同じ緯度である。十二月から三月までは、平均最低気温が零度を下回り、零下二十度に達した日もあった。アパートの窓の外はほぼ常に曇天《どんてん》で、時折、みぞれが降ったり小雪が舞ったりした。

八月から十二月まで頑張り過ぎたせいか、年末から不調に陥った。朝、目が覚めた時から身体《からだ》がだるかった。テレビを見ていてもだるいし、何もしなくてもだるかった。

時折詩集を開いた。小説と違って、詩は時間がかからないから、勉強の妨げにならない。

汚れつちまつた悲しみに

中原中也

汚れつちまつた悲しみに
今日も小雪の降りかかる
汚れつちまつた悲しみに
今日も風さへ吹きすぎる

汚れつちまつた悲しみは
たとへば狐の革裘《かわごろも》
汚れつちまつた悲しみは
小雪のかかつてちぢこまる
汚れつちまつた悲しみは
なにのぞむなくねがふなく
汚れつちまつた悲しみは
倦怠《けだい》のうちに死を夢む

汚れつちまつた悲しみに
いたいたしくも怖気《おじけ》づき
汚れつちまつた悲しみに
なすところもなく日は暮れる……

日本から大好きな詩集を三冊持ってきていた。萩原朔太郎《はぎわらさくたろう》、室生犀星《むろうさいせい》、そして中原中也《なかはらちゅうや》だ。

〈汚れつちまつた悲しみに
今日も小雪の降りかかる〉

窓の外の小雪を見ていると、中原中也の「汚れつちまつた悲しみに……」の一節が、自分の心のうちと重なった。

詩の言葉には力がある。汚れっちまった悲しみは、私だけではないのだ。こう思っただけで幾分肩が軽くなった。

体調の悪化はしかし、いかんともし難かった。毎日、十四階北向きの部屋から、ビルに沿って沈んで行く夕陽を眺めながら、日本の夜明けを想うような日々だった。アメリカに殴り込みに来たはずの私は、だらしなく寝込んでいたのである。

私は二月の終わり、ノイローゼというより、何か他の病魔に冒されているのではないかと心配になり、大学病院を訪ねた。留学から半年が過ぎていた。血液検査などいろいろな検査をされ、「一週間後に来い」と言われた。

死刑宣告を待つような気持ちで一週間後、青ざめたまま医者に対面すると、若い医者は、

「正常です。私より健康なくらいだ」と笑った。呆気《あっけ》にとられる私に、こう続けた。

「私もコロンビアからアメリカに来てしばらくした頃、心身の不調に悩まされましたよ。フロリダにでも行って、太陽を浴びて、女の子と遊んでくるのがいちばんだね」

そう言うとこの若い医師は、ニヤッとしてから私にウィンクした。信用してよいものか幾分迷ったが、素直を信条とする私は、この医者の言に従った。すぐに車を用意すると、一路、ミシガンからフロリダに向かったのである。ミシガンからオハイオ、ケンタッキー、テネシー……とフロリダまで二〇〇〇キロの道を南下すると、どんどん暖かくなってくる。最初はダウンを着て運転していたのだが、フロリダに着く頃にはTシャツになっていた。そこは楽園だった。ビーチはビキニの金髪で溢れていた。男もいたかも知れない。私は何の苦もなく女の子と仲良くなると、気づいた時には、日焼けオイルを塗り合う仲になっていた。もうノイローゼはどこかへ行ってしまっていた。

同時期にコロラド大学から助教授採用通知も舞い込み、私の気分は一気に好転した。

拾ったボタンを捨てられるか

中原中也の人生は、好転することがなかった。

中也の詩の中で、もうひとつ好きな詩がある。「月夜の浜辺」という詩だ。

〈月夜の晩に、拾つたボタンは
指先に沁《し》み、心に沁《し》みた
月夜の晩に、拾つたボタンは
どうしてそれが、捨てられようか？〉

彼は十七歳の春、三つ年上の長谷川泰子《やすこ》と京都で同棲《どうせい》を始める。そして翌年、一緒に上京する。そこで東京帝国大学の学生だった小林秀雄と知り合う。

泰子と小林秀雄が会ったのは九月だったが、なんとこの二か月後に、泰子は中也を捨て、小林秀雄と同棲してしまうのである。文学史にも有名な三角関係である。小林秀雄は親友の恋人を寝取ったのである（この一点で、私は小林秀雄が嫌いになった。文章の解《わか》りにくさも鼻につく）。

泰子はその後、別の男性との間に子供をもうけるなどするのだが、中也はその子の名付け親になるばかりか、赤ん坊を預かったりもする。中也は〈拾つたボタン〉同様に、未練を捨てられずにいたのである。

そう思いながら、「汚れつちまつた悲しみに……」を読み直すと、彼の絶望が見えてくる。悲しみが汚れる――つまり美しく透明だったものが不純になるということだ。人は成長過程で、現実と妥協し、少しずつ汚れていく。普通はこれを成長と受けとめるが、中也はそれを「絶望」として受けとめた。そしてそれを詩の形で告白した。

歌なら、歌って忘れることもできる。詩作はそうはいかない。推敲《すいこう》の過程で、悲しみがいよいよ深まる。中也の苦しみはいかほどであったか。

「汚れつちまつた悲しみに……」は、四連からなる詩だ。七五調の響きと〈汚れつちまつた〉の反復の調べが、音楽的で美しい。まるで、数学の美しい公式を見ているような錯覚さえ覚える。そしてフロリダ以前の私の、清らかな心と清らかな悲しみを思い出す。

中原中也を代表する詩で、大岡昇平、河上徹太郎らと創刊した同人誌『白痴群』に発表（昭和5年）。のちに第一詩集『山羊《やぎ》の歌』（昭和9年刊）に収録されたが、同詩集は２００部しか刊行されなかった。中也の詩が読み継がれるようになったのは、中也の没後のことである。

●中原中也《なかはらちゅうや》　明治40年生まれ。近代を代表する抒情詩人。大正14年上京、小林秀雄と交誼《こうぎ》を結ぶ。代表作に詩集『山羊の歌』『在りし日の歌』など。結核性脳膜炎で30歳で没す。詩人としての活動は10年余だった。

紫けむる 新雪の

中学生の頃から始めた私のスキーの腕前は、相当なものである。何かにつけてイチャモンをつける女房でさえ、私のスキー姿を見るたびに惚《ほ》れ直している（はずである）。

三人の息子たちを小さい頃よりスキー場に連れて行ったが、私を上回るのは三男坊だけで、残りの二人は私の足下にも及ばない。事実、上級者の証といわれる「ウェーデルン」（連続小回り）ができるのは、家族五人の中で私と三男だけである。

父・新田次郎は、『強力伝《ごうりきでん》』や『劒岳《つるぎだけ》 点の記』など、山を舞台にした小説を数多く書いただけあって、大の山好きだった。父からはよく、「一緒に山に登ろう」と誘われた。一度だけどこかに一緒に出かけたことがあったが、中央線電車の中で「新田次郎と息子」と指さされたから、以後は応じなかった。ブサイクな父と、ハンサムな私が親子と認識されるのは、屈辱だったのだ。それでも、山好きの父の影響か、冬になるとスキーに山へ来てしまう。

新雪《しんせつ》

作詞：佐伯孝夫

紫けむる　新雪の
峰ふり仰ぐ　この心
麓《ふもと》の丘の　小草を敷けば
草の青さが　身に沁《し》みる

汚《けが》れを知らぬ　新雪の
素肌へ匂う　朝の陽よ
若い人生に　幸あれかしと
祈るまぶたに　湧《わ》く涙

大地を踏んで　がっちりと
未来に続く　尾根伝い
新雪光る　あの峰越えて
行こよ元気で　若人よ

スキー自慢のこの私が、十年ほど前、スキー中に大転倒をした。気持ちよく滑っている途中、新雪にスキー板が突き刺さり、なすすべもなく、前方に顔から叩《たた》きつけられたのだ。人が集まってくるほどの転倒だったが、幸いにも、軽いむち打ちになった程度で、私の強靱《きょうじん》にして不死身の肉体は大丈夫だった。

しかし、自信のほうはかなり傷ついた。

そもそも、還暦をすぎて、氷点下十度の中で身体《からだ》を激しく動かすこと自体、危険なことなのだろう。怪我《けが》や病気のリスクを負ってまで、と以来、スキー場に足を向けていない。

実は長いことスキーから遠ざかってみて、自分がそれほどスキー好きではないことに気がついた。シーズンが来ても「滑りたいなあ」と滅多に思わないのだ。ただ、なんとなく物足りなさを覚えるようになった。

しばらくして気づいたのは、私が、あの極寒のスキー場に足繁《あししげ》く通っていたのは、半分はスキー、残りの半分は『新雪《しんせつ》』を絶唱したかったため、ということである。

金髪美女に聞かせた『新雪』

『新雪』は、戦時下の昭和十七年に封切られた映画『新雪』の主題歌として作られた曲で、灰田勝彦《はいだかつひこ》が歌い、ヒットさせた。

この歌は終戦後にリバイバル・ヒットとなり、気象台官舎にあった独身寮の若い職員たちが、これをよく歌っていた。戦争が終わった晴れ晴れしさを、歌に託していたのだろう。ラジオから流れる灰田勝彦ばかりでなく、ＮＨＫ「のど自慢」でも何度となく聞いた。昭和二十年代の混乱の中で、〝爽やかさ〟が際立っていたせいか、胸にしみた。

戦前の歌謡曲は、悲しい調子の歌が多いが、この『新雪』は、清々《すがすが》しさと明るさの中に、甘酸っぱい感傷をにじませている。ハワイ生まれのハワイアン歌手・灰田勝彦の歌唱も、軽やかさをプラスしている。実際、口ずさむと、不思議と力がもりもりと湧《わ》き上がってくるのだ。

いろいろな場所で歌うが、最高の場面は、誰が何と言おうとスキーリフトの上だ。坂の上の、あの青い空をかけ上っていくような、スキーリフトの快感が、まさに『新雪』

の歌詞と重なるのである。

〈峰ふり仰ぐ　この心〉

スキーリフトのモーターは唸《うな》りをあげ、前後の席も離れている。下りてくるリフトはいつも空《から》だ。大声を出しても誰も気づかない。私は、リフトが動き出すと同時に、『新雪』を心おきなく絶唱する。

アメリカのスキーリフトはみな二人乗りである。ところが私はアメリカの大学で教えていた頃も、金髪のパティーやジャネットを横に乗せ、いつも通り『新雪』を絶唱していた。最初は怪訝《けげん》な顔をするものの、最後まで聞くと決まって彼女たちは「ワンダフル！」と感嘆した。絶対音感のある女房も何も言わないから、私の歌う『新雪』はとことん素晴らしいのだろう。

リフトに乗ると同時に『新雪』を絶唱するのは、私にとって『新雪』とは、青春の象徴だからだ。『新雪』を口ずさんだ瞬間、十代、二十代の私に一気に戻ることができるのである。

草の青さ、汚《けが》れを知らぬ新雪。『新雪』にちりばめられている言葉は、青春そのものだ。

しかも明るさの向こうに、〈祈るまぶたに湧《わ》く涙〉と、青春のもつそこはかとない哀しみまでがある。それは、青雲の志に燃えていたあの頃の自分と重なる。

青春とは、若さであり、力であり、夢であり、哀しみである。『新雪』を歌うことで、私はそれらすべてを取り戻す。

スキーに行かなくなった私だが、東京に雪でも降ると家で、書斎で、あるいは散歩中に、『新雪』を大声で歌う。口ずさんではダメだ。大声で歌わないと、青春は戻ってこない。これを歌うたびに、力と夢とホルモンが大量に噴出し、少しだけ涙が湧いてくる。

『新雪』（佐伯孝夫作詞、佐々木俊一作曲）は昭和18年に発表され、ヒットした。戦後もリバイバル・ヒットし、灰田勝彦の代表曲のひとつとなった。作詞家の佐伯孝夫（1902～81）は、灰田勝彦に多くの作品を提供。他に『いつでも夢を』『銀座カンカン娘』などの数々のヒット曲を生み出した。

●灰田勝彦《はいだかつひこ》　明治44年ハワイ生まれ。歌手、俳優、ウクレレ奏者。昭和12年『真っ赤な封筒』がヒット。甘い歌声で、大衆を魅了した。戦後も、NHK紅白歌合戦のトリを務めるなど、歌謡界をリードした。享年71。

むかしの光いまいずこ

付き合いのある二十代の女性編集者に「最近の中高生に最も流行《はや》った曲は？」と訊《き》くと、「ＡＫＢ48の『会いたかった』でしょうね」という答えが返ってきた。どんな曲か問うと、その編集者は、「会いたかった 会いたかった 会いたかった ＹＥＳ！」と歌いだした。

あまりの中身のなさに頭を抱えた。こんな歌ばかり聞いているから、今の若者はダメなのだ。私の小中学生の頃は、

「粋な黒塀《くろべい》 見越しの松に 仇《あだ》な姿の 洗い髪……」

「月がとっても青いから 遠まわりして帰ろう……」

やはり、大した歌を口ずさんでいなかったようだ。多少ましかも知れない、という程度だ。

中学生の頃、夏休みに田舎で、浜村美智子の『バナナ・ボートソング』を「デーオー、ディエィエィエィエィオ」と気持ちよく歌っていたら、祖父から「お前《めえ》みてよな者を太陽族っ

荒城の月

作詞：土井晩翠

春高楼《こうろう》の花の宴《えん》
めぐる盃《さかずき》かげさして
千《ち》代《よ》の松《まつ》が枝《え》わけいでし
むかしの光いまいずこ

秋陣営《じんえい》の霜の色
鳴きゆく雁《かり》の数見せて
植《う》うるつるぎに照りそいし
むかしの光いまいずこ

いま荒城《こうじょう》のよわの月
替《かわ》らぬ光たがためぞ
垣《かき》に残るはただかずら
松に歌うはただあらし

天上《てんじょう》影は替らねど
栄枯は移る世の姿
写さんとてか今もなお
嗚《あ》呼《あ》荒城のよわの月

ちゅうだ」ときつい口調で叱《しか》られた。「太陽族」とは、石原慎太郎の小説『太陽の季節』から生まれた流行語で、軽薄で不真面目で奔放な若者のことである。

祖父だって若い時は、と調べてみた。

祖父が中学校に入学したのは明治三十四年（一九〇一）で、この年に『中学唱歌』が編まれている。『箱根八里』とか『荒城の月』が収録されている。

『荒城の月』は格調高い七五調で書かれている。

〈春高楼《こうろう》の花の宴《えん》
めぐる盃《さかずき》かげさして
千代《ちよ》の松《まつ》が枝《え》わけいでし
むかしの光いまいずこ〉

漢詩のようである。この美しい日本語が、西洋音楽のメロディと見事に調和している。

なるほど、私の「デーオー、ディエィイエィイエィオ」に、祖父が腹を立てたわけである。

この歌は、父・新田次郎の思い出の曲でもある。

父は歌謡曲好きなのだが、酒の入った席で歌わされる時は、愛だ恋だでは武士の沽券《こけん》に関わると思ったのか、『荒城の月』ばかり歌っていたらしい。たしかに、古い松の枝の向こうに昔の光を探す、という情感は、父好みである。

父はヨーロッパアルプスが大好きだった。そこで、父が急逝したあと、父が心ゆくまでアルプスを見ていられるようにと、母が、アイガー北壁の見えるクライネ・シャイデックの丘に、墓を作った。遺骨は許可されなかったので、父の使っていた万年筆や眼鏡など遺品を埋め、すぐ上の岩に「アルプスを愛した日本の作家、新田次郎ここに眠る」という銅板を張り、墓碑とした。母と私たち家族は、父付きの編集者たちと現地を訪れ、除幕式を行なった。その時、皆で合唱したのが、この『荒城の月』だった。母が、「いまいずこ」のあたりで、銅板をさすりながら目頭を拭《ぬぐ》っていた。

ドイツで弾いた『荒城の月』

『荒城の月』の「荒城」とは、詩人・土井晩翠《どいばんすい》がこの詩を構想した青葉城（宮城県）や会津若松の鶴ヶ城（福島県）、あるいは作曲家・滝廉太郎《たきれんたろう》のゆかりの地である竹田《たけた》の岡城《おかじょう》（大分県）や富山城（富山県）、などと言われる。

この『荒城の月』を作曲した時、滝廉太郎はわずか二十歳だった。

翌一九〇一年、滝はドイツのライプツィヒ音楽院に留学する。作曲家メンデルスゾーンが設立した由緒ある音楽学校である。

ところが天才も病には勝てなかった。留学から五か月後に結核が発覚し、一九〇二年には帰国。翌一九〇三年には帰らぬ人となってしまう。

余談だが、滝の帰国前、ドイツにいた留学生仲間が、滝のために送別会を開いた。音頭をとったのが田丸卓郎《たまるたくろう》という物理学者で、のちに東京帝国大学教授になった人物である。私の大伯父《おおおじ》の気象学者・藤原咲平《さくへい》は、田丸教授の弟子である。困ったことに、この田丸教授、女房の大伯父にあたる。私の大伯父が女房の大伯父の弟子、という関係なのだ。離婚しにくくなっているのが残念だ。

この時の滝の留学を、司馬遼太郎が文章に残している。滝は下宿先の女主人に、「どんな曲を作っているのですか」と尋ねられ、『荒城の月』をピアノで弾いたという。司馬はこう書く。

《異境の地で、しかもその翌々年に死ぬ身で、一婦人をただ一人の聴き手として『荒城の月』をひいていた情景を思うと、胸がつまりそうになります》（『「明治」という国家』）

司馬は滝に憐憫《れんびん》の情を抱いているようだが、私にとってそれは失礼と思える。滝はこの時、ドイツ音楽二百年の伝統の重みに圧倒されまいと、敢然と戦っていたに違いないからである。

滝は日本文学千五百年の伝統を背に、「もののあわれ」を胸に、渾身《こんしん》の『荒城の月』を演奏していた。日本を一身に背負い、ドイツの伝統に立ち向かう、その必死の姿に、私のケンブリッジ時代が重なり、胸がつまるのだ。

明治34年3月刊の『中学唱歌』（東京音楽学校発行）に初めて掲載された。作曲は滝廉太郎。現在の旋律は山田耕筰《こうさく》が手を加えたもの。作詞は、明治から昭和時代にかけての詩人・土井晩翠《どいばんすい》。作品に詩集『天地有情《うじょう》』など。土井は英文学者としての評価も高く、『イーリアス』などの訳書がある。

●滝廉太郎《たきれんたろう》　明治12年生まれ。作曲家。東京音楽学校（現・東京藝術大学）研究科卒。組歌『四季』や『箱根八里』『鳩《はと》ぽっぽ』『お正月』など数多くの名曲を生み、天才の名をほしいままにするも、結核を患い23歳で早世。

雨よ降れ降れ　悩みを流すまで

父・新田次郎は、昭和七年に中央気象台（現・気象庁）に入庁すると、すぐにできたばかりの富士山頂観測所に配属された。母と結婚したのは昭和十四年だが、それまで冬の四か月間は富士山頂観測所に籠《こも》っていた。七つの冬を富士山頂で過ごしたことになる。

淡谷《あわや》のり子の『雨のブルース』がヒットしたのは、昭和十三年である。父は、『雨のブルース』のレコードを観測所に持ち込み、夜になると蓄音機で流した。

〈雨よ降れ降れ　悩みを流すまで／どうせ涙に濡れつゝ　夜毎《よごと》嘆く身は〉

晴れた日には、富士山頂から、銀座の灯《あか》りが見えたという。『雨のブルース』を流しながら、ダンス好きの父は椅子を抱いて夜な夜な踊ったらしい。

冬の富士山頂の外気温は、零下二十度近くで南極の昭和基地と同じくらいである。風が強いだけ南極より過酷とさえ言われる。極寒の日は、零下三十度を下回る。

いつ吹き飛ばされるか分からない小屋で気象観測、ヒマを見つけると本棚の本を

雨のブルース

歌：淡谷のり子

雨よ降れ降れ
悩みを流すまで
どうせ涙に濡れつゝ
夜毎《よごと》嘆く身は
ああ帰り来ぬ　心の青空
すゝり泣く　夜の雨よ

暗い運命《さだめ》に
うらぶれはてし身は
雨の夜道をとぼとぼ
一人さまよえど
ああ帰り来ぬ　心の青空
降りしきる　夜の雨よ

乱読し、都を思いつつダンスをしていたのである。田舎者のうえ、私と違い不細工な父がモテるはずはないから、恋人を想っていたのではあるまい。恐らく、この歌詞のような淋しい女と、淋しい自分とを同一視し、慰められていたのではないか。

ブルガリアで大ヒット

父は私が子供の頃、『雨のブルース』をよく口ずさんでいた。父の亡き今、この曲を耳にすると、父の心情に我が身に重なり、胸に迫る。

『雨のブルース』が発表された昭和十三年という年、暗い気持ちを抱えていたのは父だけではない。前年から日中戦争が始まり、国民の誰もが、大義のない無意味な戦争に不安や暗い気持ちを抱えていた。

『雨のブルース』を発表した時、「ブルースの女王」と呼ばれた淡谷のり子は、三十一歳だった。当時のレコードを聞くと、実に声がセクシーである。高音の伸びもいい。脂が乗りきっている。だが歌はあまりにも暗い。暗い時代になぜ、これほど暗い曲が受けたのか。

私たち三人兄弟は、終戦後、母に連れられ、満州から朝鮮半島を抜けて、日本に戻ってきた。一年二か月の、死と隣り合わせの彷徨《ほうこう》だった。その間、母や一緒の仲間たちは、元気を出すには明るく力強い曲がよさそうなのに、「暗い曲」ばかりを口ずさんだという。暗い曲を歌いながら泣く。泣き濡れる。涙が涸《か》れて初めて、立ち上がることができるのだ。

淡谷のり子や高峰三枝子は、しばしば軍の慰問先で歌を披露した。軍部の要望はいつも明るく励ますような歌だったが、兵士たちは必ず暗く淋しい歌をリクエストしたらしい。特攻隊員の前で『湖畔の宿』を歌った時は、隊員だけでなく大将までが直立不動で、拳《こぶし》を握りしめながら涙を流していたという。どん底で暗い曲を聞いてこそ、生きる勇気を得るのだ。

ブルガリアでは『雨のブルース』が「ナミコ」の題で親しまれているという。戦前にブルガリア全権公使が日本のレコードを何枚か同国に持ち込み、放送局などで紹介すると、『雨のブルース』が突出して人気になったという。

タイトル「ナミコ」とは、徳冨蘆花《とくとみろか》のベストセラー小説『不如帰《ほととぎす》』のヒロイン浪子《なみこ》から来ているそうだ。『不如帰』はフランス語訳を介してブルガリア語に訳され、彼《か》の地で広く知られていた。

のちに、「ナミコ」の原曲の歌手が淡谷のり子であることを知ったブルガリアは、七十歳を過ぎていた彼女を招待した。それに応じて訪れた淡谷のり子は大歓迎を受け、政府主催のコンサートが開催されたという。『雨のブルース』のあの暗さ、あの寂寥《せきりょう》が、ヨーロッパでも受けたのだ。情緒は世界共通なのである。

どんな人も、有限の時間の後には死を迎える。この根源的な悲しみは人間のもつすべての情緒の根源でもある。

最近、ＡＩ（人工知能）の発達がめざましい。だがＡＩは理論上死ぬことがない。人間のすべての深い情緒の源泉とも言える死、この根源的悲しみをＡＩは知らない。従って淋しさも孤独も失意も懐かしさも美的情緒もないのだ。できることは、有限の論理手続きを素早くするに過ぎない。将棋や碁で人間に勝ったとしても、涙を知らないＡＩは、文学、数学、芸術などではいつまでも人間には敵《かな》うまい。例えば、俳句を一分間に一万個作れても、その中から最もよいものを選び出すことができないのである。

換言すれば、人間は死があるが故に、ＡＩに対し圧倒的優位にあるのだ。

昭和13年発表の『雨のブルース』。作詞は、ジャズ評論家としても知られた野川香文《こうぶん》。作曲は、『別れのブルース』『東京ブギウギ』『青い山脈』など多くのヒット曲を世に送り出し、のちに国民栄誉賞を受賞した服部良一《はっとりりょういち》。この年、軍の要請で東京オリンピック（1940年）開催権が返上された。

●淡谷《あわや》のり子《こ》　明治40年生まれ。日本のシャンソン界の先駆者。『別れのブルース』『雨のブルース』『東京ブルース』の続けざまのヒットで「ブルースの女王」といわれる。85歳すぎまで現役として活躍し、92歳で逝去。

君恋し 思いはみだれて

昭和四年に、二村定一《ふたむらていいち》が歌ってヒットした『君恋し』を、昭和三十六年にフランク永井がカバーし、一大ヒットとなった。

〈みだるる心に　うつるは誰《た》が影〉の「みだるる」というところなどは、フランク永井にかかると弾むようで、高校生の私にとってスイングジャズを聞いているようだった。

もともと三番まである歌なのだが、フランク永井は二番までしか歌わなかった。理由は、三番の最後の歌詞にある。

〈臙脂《えんじ》の紅帯《べにおび》　ゆるむも淋しや〉

えんじ色の帯がゆるむ、と言っているのだから、この歌の主人公は女性だ。すなわち『君恋し』の「君」とは、女性が男性に向かって言った「君」なのである。フランク永井が三番を省いたわけだ。

上代《じょうだい》（飛鳥《あすか》、奈良時代）の頃まで、「君」は常に女性が男性に向かって使う言葉だった。『万

君恋し

作詞：時雨音羽

宵闇《よいやみ》せまれば
悩みは涯《はて》なし
みだるる心に
うつるは誰《た》が影
君恋し　唇あせねど
涙はあふれて
今宵《こよい》も更《ふ》けゆく

唄声《うたごえ》すぎゆき
足音ひびけど
いずこにたずねん
こころの面影《おもかげ》
君恋し　思いはみだれて
苦しき幾夜《いくよ》を
誰がため忍ばん

去りゆくあの影
消えゆくあの影
誰がためささえん
つかれしあの影
君恋し　灯《とも》し火うすれて
臙脂《えんじ》の紅帯《べにおび》
ゆるむも淋しや

葉集』が良い例である。その後、「君」は男女の区別なく、敬愛の情をこめて相手をさす言葉となった。戦後になってもそうだった。

昭和二十二年の二葉あき子の『夜のプラットホーム』には、

〈さよなら　さよなら　君いつ帰る〉という節がある。

出兵する夫を若妻が見送る歌である。ここでの「君」は、夫のことだ。

奈良光枝《みつえ》さんが昭和二十三年に歌った『雨の夜汽車』にも、〈窓のガラスに君が名を／書いてあてない旅をゆく〉という歌詞が出てくる。これも君＝男である。

ところが昭和三十年前後から、「君」が逆転し、男性が女性をさして言う言葉となってしまった。

例えば、昭和二十七年にヒットしたラジオドラマ『君の名は』の「君」は、女性である。

さらに時代が下った昭和四十四年、ビリー・バンバンの『白いブランコ』の出だし、〈君はおぼえているかしら〉の「君」もやはり、女性である。

フランク永井の『君恋し』は、「君」の変遷により男性側の言葉となったから、三番を封印せざるを得なかったのである。

ただ、『君恋し』の歌詞は、一番と二番だけでも、ひどく女々《めめ》しい。昭和三十年頃から、この女々しさが男性にも許されるようになったのだろう。

六十余年ぶりの謎の解明

この歌には、父との思い出がある。

昭和二十七年三月、小学二年生だった私は、竹橋の中央気象台官舎から、吉祥寺《きちじょうじ》に引っ越した。金融公庫から全額融資を受け、二十坪の家を新築したのである。十坪の長屋に比べ、二十坪の家は私にとって途方もなく大きいものだった。

散歩の好きな父は、よく子供たちを連れて近所を歩き回った。ある日、父、母、私、妹の四人で近所を散歩していると、父が、「時雨《しぐれ》」と書かれた木の表札を見つけた。

「ここは時雨音羽の家じゃないか」

と父が言い出した。表札を見ながら私が、

「シグレオトワって誰?」

と尋ねると、父は、

「なんだ、お前は『君恋し』のシグレオトワも知らないのか」
と言った。『君恋し』が世に出たのは昭和四年の昔で、フランク永井でヒットするのは、昭和三十六年だから仕方がない。

お世辞にも歌がうまいとはいえない父は、見事に音程を外しながら、「宵闇《よいやみ》せまれば〜」と歌いだした。すると、父に輪をかけて音痴の母が、「悩みは涯《はて》なし〜」と続いた。この表札の謎は未解決に終わったが、父の結論ははっきりしていた。

「時雨なんて珍しい名字、他にありっこないから、時雨音羽の家に間違いない」

一年ほど前だったか、たまたまその家の前を久し振りに通りかかった。

六十数年前と同じ、木の表札が掛かっていた。

六十代だろうか、庭仕事中らしき女性の姿が目に入った。

私は、昭和二十七、八年頃に両親とこの家の前を通ったことを話し、長年の疑問をぶつけてみた。

すると、「そうだ」と言う。この方のご主人が、時雨音羽の孫だった。

「あら？　藤原正彦先生じゃありませんか？」「はい」「ということは、ご両親というのは、新田次郎さんと藤原ていさんですね」

となった。彼女は「今時、『君恋し』のことを言ってくる人は一人もいません」と言い、感激の面持ちだった。私も父の主張の確認は心残りとしてずっと残っていたから、幾歳月を経て解決され、感激していた。

長い間生きていれば、誰にでもひとつやふたつ、心残りが残っている。それがひょんな拍子に解決されるのもまた、人生の楽しみ、深みである。


作曲家・佐々紅華《さっさこうか》が作詞も手がけた『君恋し』は大正11年から舞台で歌われていたが、時雨音羽が新たに作詞した同曲のレコード（歌唱・二村定一《ふたむらていいち》）が昭和4年に発売されるや20万枚の大ヒット。昭和36年にはフランク永井によってリバイバル・ヒットし、第3回日本レコード大賞を受賞した。

●時雨音羽《しぐれおとは》　明治32年、北海道生まれ。大蔵省役人時代に作詞を始め、ビクターにスカウトされる。『浪花《なにわ》小唄《こうた》』などの流行歌を世に送り出す。他作品に文部省唱歌『スキー』など。北海道・利尻《りしり》町名誉町民。享年81。

身を立て 名をあげ

小学生の頃、担任の先生に連れられ、皆で高峰秀子主演の映画『二十四の瞳《ひとみ》』を見に行った。

この物語は、戦前の瀬戸内海の小豆島《しょうどしま》（香川県）を舞台にしている。高峰秀子演ずる分教場の先生と、十二人の子供たちの出会いと別れを描いた作品である。

凛《りん》とした高峰秀子、小豆島の自然の美しさもさることながら、この映画の最大の特徴は、全編にわたって、唱歌『仰げば尊し』が使われていることだろう。特にクライマックスといえる卒業式のシーンで、この歌を合唱する。

〈仰げば　尊し、わが師の恩〉で始まる一番はまだ平気だ。しかし二番になると私はこらえきれなくなる。〈身を立て　名をあげ〜〉のところに差し掛かり、「みぃをぉー」と音が高くなるのに引きずられ、感情も高ぶってくる。と同時に、決まって声が出しにくくなるのである。

仰げば尊し

仰げば 尊し、わが師の恩。
教えの庭にも、はや幾年《いくとせ》。
思えば いと疾《と》し、この年月。
今こそ 別れめ、いざさらば。

互いにむつみし、日ごろの恩。
別るる後《のち》にも、やよ 忘るな。
身を立て 名をあげ、やよ はげめよ。
今こそ 別れめ、いざさらば。

朝夕 馴《な》れにし、まなびの窓。
蛍の ともし火、積む白雪《しらゆき》。
忘るる 間ぞなき、ゆく年月。
今こそ 別れめ、いざさらば。

この卒業式の場面で、ガキ大将の私は子分どもに涙を見せては、と我慢していたが、どうしようもなかった。こっそり周りを見ると、誰もが涙を拭《ぬぐ》っていた。先生も泣いていた。この場面で涙を流さない者がいたとしたら、よほど感受性が鈍《にぶ》いか、非国民だ。小学校で図画工作の先生だった、画家の安野光雅《あんのみつまさ》先生は、この映画を池袋の映画館で見たが、「壁に立って見ていた街のアンチャンがワンワン泣いていた」と私に語られた。

その後、小学校から大学にいたるまで、卒業式というと、私は『蛍の光』と『仰げば尊し』を歌ってきた。卒業式には感動と涙がつきものだが、『蛍の光』で胸をつまらせたことは一度もない。やはり『仰げば尊し』の、それも二番の〈身を立て〜〉なのだ。

私は昭和五十一年から平成二十一年まで、三十三年間、お茶の水女子大学で教鞭《きようべん》をとった。その間、毎年、卒業生を送り出したことになる。感受性豊かな私は、毎回、〈身を立て〜〉のところで、こみ上げる涙をこらえていた。教え子を見送るのが悲しいのではない。「別れ」そのものが私の情緒を激しく揺さぶるのである。

かつては卒業生の大半が目頭を拭っていたのだが、二〇〇〇年代になると、涙を流す学生が減ってきた。この現象を不思議に思い息子たちに聞いてみると、今の卒業式では『仰げば尊し』を歌わないから、分からないという。「内容が古い」「文語が難しい」などの理由で、全国各地の学校で『仰げば尊し』が排除されているらしい。

文語体のイントロダクション

出だしの〈仰げば　尊し、わが師の恩。〉、これがまず「だめ」らしい。先生を仰ぎ見る、すなわち尊敬を強要している。それを先生が生徒に歌わせるのは、「おかしい」という理屈だ。

これこそ屁理屈《へりくつ》だろう。年少者は年長者を敬い、年長者は年少者を慈《いつく》しむ——長幼の序を学校で教えなくてどこで教えるのか。

昨今は、親も先生も生徒も対等だという。友達関係が理想らしい。平等のはき違えである。親は子より偉い、先生は生徒より偉い。これでいい。だからこそ、親は子供をしつけ、教育し、先生は、生徒から尊敬される人になるべく、日々精進するのだ。

私などは、教え子たちに尊敬されすぎていたから、バレンタイン・デーに大学へ行くのが恐ろしかった。それどころか、持参した学生には、「義理チョコかい」と問うことにしていたが、数人が「そうです」と答えた他は、なんと全員が「本チョコです」と答えたのだ。

　また、〈身を立て　名をあげ〜〉の箇所も、立身出世を強《し》いていて、民主主義的でないという。

　身を立て――大成することがなぜいけないのか。世間では子供に「夢を持て」と言う。ならば子供が大成せんと努力することは、民主主義の世であっても、奨励すべきだ。

　では、「文語が難しい」はどうか。

　たしかに『仰げば尊し』の歌詞は難しい。私は最初の頃、〈いと疾《と》し〉を「いと年」と思っていた。「たいそう早い」という意味だと分かったのは、古文を習い始めてからだ。〈やよ〉（呼びかけの感嘆詞）なんて、それまで耳にしたこともなかった。私は文語体というものを、『仰げば尊し』で生まれて初めて本格的に味わったのである。

　意味も分からず覚える。そして後になって意味が分かる。これでよい。文語入門として『仰げば尊し』は絶好の教材なのである。江戸時代の寺子屋では、意味も分からぬまま漢文を素読《そどく》させたが、それと同じことだ。

もう随分前のことになるが、田舎の分校のドキュメンタリーをテレビで放映していた。その年の卒業生を送り出すと廃校になるという。

卒業式のシーンで、『仰げば尊し』が流れた。真っ赤な頰《ほほ》の小学生たちが、涙で顔をくしゃくしゃにしながら、歌っていた。歌詞の意味など正確には分からなくとも、彼らの心に強く響いたのだ。

卒業式は永遠の別れではない。同じ地域に住んでいれば、卒業後、先生や友達といつでも会うことができる。『仰げば尊し』を聞いて涙を流すのは、物理的な別れが悲しいのではない。別れそのものが悲しいのだ。日本人の胸に深く宿っている「もののあわれ」に、心を揺さぶられるのだ。文語の持つ力により呼びさまされるのである。『源氏物語』など平安文学の頃から連綿と流れる伝統の情緒である。

泣かなくなった女子大の卒業式で、ある時、ひとりさめざめと泣く学生がいた。見ると、面識のあるアメリカ人留学生だった。博士課程で国文学を学んでいた学生だった。きっと、立派な博士論文を書いたに違いない、と思った。

明治17年に発表された唱歌で、作詞不詳。「明治・大正時代の近代教育の開拓者」といわれた伊沢修二（1851〜1917）らが移植した。長い間、作曲者も不詳だったが、近年、原曲がアメリカにあることが発見された。平成19年に「日本の歌百選」にも選ばれた。

映画『二十四の瞳《ひとみ》』は、主人公の大石先生を当時29歳の高峰秀子が演じている。壺井《つぼい》栄《さかえ》の同名小説をもとに、木下惠介監督・脚本によって映画化され、昭和29年に公開された。

ふるさとは遠きにありて思ふもの

大学に入った当時、私は囲碁と将棋の才能に溢《あふ》れていると信じていた。四月、早速、囲碁部の門を敲《たた》いた。

すると副主将の二年生が出てきて、「碁会所でどのくらいで打っていますか」と聞いてくる。胸を張り、「一、二級で打っています」と答えた。アマチュアで一級といえば、一応は実力者である。ところが副主将は事も無げに言った。

「では星目《せいもく》で始めましょう」

これにはカチンと来た。碁盤には「星目」といって、盤面に九つの黒い点がある。力量に大差がある場合、劣る者が、この星目に予《あらかじ》め自分の石を置いてから始める。ハンディとしてである。

ひとつ先輩とはいえ、初対面の私に対し無礼な奴だ。コテンパンにしてやろうと思った。まったく歯が立たなかった。三段で、卒業後にアマチュアの全国大会の県代表にもなった

小景異情　その二

室生犀星《むろうさいせい》

ふるさとは遠きにありて思ふもの
そして悲しくうたふもの
よしや
うらぶれて異土の乞食《かたい》となるとても
帰るところにあるまじや
ひとり都のゆふぐれに
ふるさとおもひ涙ぐむ
そのこころもて
遠きみやこにかへらばや
遠きみやこにかへらばや

男だった。

その先輩が、対局中にしきりに何かを唱えている。

〈ふるさとは遠きにありて思ふもの／そして悲しくうたふもの〉

室生犀星《むろうさいせい》の詩集『抒情小曲集』の冒頭を飾る、「小景異情」であった。私はこの詩集を持っていた。

〈ふるさとは〉から、〈帰るところにあるまじや〉までの有名な一節は、耳に残っていたが、ややうろ覚えである。先輩は、この詩を、最初から最後まで、対局中に諳《そら》んじながら私を負かした。あしらった。

残念、どころの話ではない。囲碁で打ちのめされ、文学的素養でも圧倒されたのである。

帰宅するや「小景異情」を改めて読み直した。

〈うらぶれて異土の乞食《かたい》となるとても／帰るところにあるまじや〉

異国の地で、落ちぶれて惨《みじ》めになってしまっても、故郷は帰る場所ではない。〈ひとり都のゆふぐれに／ふるさとおもひ涙ぐむ〉しか他にないのである。先輩に手もなくひねられた惨めな気持ちと、犀星のそれが重なった。囲碁部への入部は止《や》めた。

男児志を立てて郷関を出づ

大正、昭和を生きた室生犀星は、複雑な幼少期を送っている。

実父は加賀藩の足軽で、その女中との間に生まれたのが、犀星だった。望まれた子ではなく、生後すぐに外に出された。その先が、金沢の真言宗《しんごんしゅう》の寺、雨宝院《うほういん》住職の内縁の妻のところだった。犀星はこの女性の私生児として届けられ、七歳の時に住職の養子となった。実父、実母の顔は見たことがない。小さい頃は、内縁の妻――妾《めかけ》の子であるとからかわれた。犀星は、ふるさとに自分の居場所はないと、都会へ飛び出したが、実際は落ちぶれて、何度も帰郷せざるを得ない状況に追い込まれるのだった。

当時はまだ、立身出世の気概が残っていた。

〈男児志を立てて郷関《きょうかん》を出《い》づ／学若《も》し成らずんば死すとも還《かえ》らず〉

男子たるもの故郷を出たら、立身出世を遂げるまでは死んでも帰らない。「末は博士か大臣か」とは、明治期の言葉だが、犀星のこの詩の中には、こうした気概や焦りも含まれているような気がする。

犀星は昭和に入ってから小説に重きを置くようになり、昭和十五年には菊池寛賞を受賞。その後も、『杏《あんず》つ子』など数々の名作を世に送り出した。立身出世を成し遂げたのである。昭和十六年から、昭和三十七年に亡くなるまで、二十一年間も犀星は故郷に足を踏み入れなかったと言われる。そのかわり、書斎に故郷・犀川《さいがわ》の写真を飾り、懐かしんでいたという。養父母にも、お金の仕送りをしていたという。

私は金沢大学で学会があった折、雨宝院を見学に行った。

〈うつくしき川は流れたり／そのほとりに我は住みぬ〉（「犀川」）

と犀星はうたっているが、実際、雨宝院から美しい犀川の流れが見えた。犀川の西岸に住んでいたから犀西、転じて犀星。筆名の付け方にも、故郷への思いが垣間《かいま》見える。

この詩は、〈ふるさとは遠きにありて〉からの五行があまりにも有名で、他を覚えていないという人も多い。私もそうだ。ここに犀星の思いが凝縮されているのだから、それでいいのだろう。『抒情小曲集』は、犀星の詩集の中で私が一番好きなものだ。これが読みたくて、アメリカ留学の時も持参した。

将棋のほうは、大学一年の冬、東大の将棋大会に出場し、準優勝を飾った。決勝では、将棋部主将と二時間を超える熱戦を繰り広げた。「これはいける」と、私は東京・千駄ケ谷《せんだがや》にある日本将棋連盟の将棋会館を訪ねた。そこで実力を見せつけようと考えたのである。相手は、小学五年生くらいの坊やだった。こんな小僧、ひねり潰《つぶ》してやると勝負したら、逆にひねり潰された。奨励会五級といったからプロの卵だった。

囲碁、将棋、麻雀……と勝負事は三度の飯より好きだったが、私は大学一年時に、これらに見切りをつけ、きっぱり捨てた。

詩では犀星に敵《かな》わない。碁では星目で蹴散《けち》らされる。最も得意の将棋では小学生に敵わない。私はこれを機にすべての愉《たの》しみを捨てて、数学一本に絞ったのであった。ついでに女もきっぱり捨てた。

室生犀星の初期抒情詩を代表する作品で、「その一」から「その六」まである。大正2年、北原白秋主宰の文芸誌『朱欒《ザンボア》』に発表。のちに詩集『抒情小曲集』（大正7年）に収録される。東京、故郷・金沢のどちらで作られた詩か、という論争が続いていたが、近年では金沢説が有力である。

●室生犀星《むろうさいせい》　明治22年生まれ。23歳で北原白秋の主宰誌に詩を投稿し認められる。30代から小説に転じ、代表作に『あにいもうと』『かげろふの日記遺文』。評論に『我が愛する詩人の伝記』など。昭和37年没。享年72。

わたくしもまつすぐにすすんでいくから

私は小学校に入る前からずっとガキ大将だった。隣り村や隣り町や隣の学校との喧嘩《けんか》では、いつも先頭に立った。身体《からだ》は頑丈で、力も強く気も強かった。中学と高校では、毎日練習に明け暮れるサッカー部の猛者《もさ》だった。相手選手との正面衝突を恐れないことで名が通っていた。女生徒などとは口もきかない硬派だった。

ところが、家で一人になると、こっそり奈良光枝《みつえ》さんの『悲しき竹笛』や二葉あき子の『水色のワルツ』を聞いてうっとりしていた。ある日、母がお使いに出たのを見計らって、奈良光枝さんの『雨の夜汽車』を聞いていた。

〈雨の夜更けの　夜汽車の笛は　なぜに身に染む　涙を誘う……〉

そこに母が忘れ物で不意に帰ってきた。死ぬほど恥ずかしかった。「ヘンな子ねぇ」と一言いわれただけだったので、救われた。

当時私は、自分の部屋の柱に、写真を貼っていた。まだ十五歳ほどの、天才バイオリニ

永訣《えいけつ》の朝

宮沢賢治

けふのうちに
とほくへいつてしまふわたくしのいもうとよ
みぞれがふつておもてはへんにあかるいのだ
　　　（あめゆじゆとてちてけんじや）
うすあかくいつそう陰惨《いんざん》な雲から
みぞれはびちよびちよふつてくる
　　　（あめゆじゆとてちてけんじや）
青い蓴菜《じゆんさい》のもやうのついた
これらふたつのかけた陶椀《とうわん》に
おまへがたべるあめゆきをとらうとして
わたくしはまがつたてつぽうだまのやうに
このくらいみぞれのなかに飛びだした
　　　（あめゆじゆとてちてけんじや）
蒼鉛《そうえん》いろの暗い雲から
みぞれはびちよびちよ沈んでくる
ああとし子
死ぬといふいまごろになつて
わたくしをいつしやうあかるくするために
こんなさつぱりした雪のひとわんを
おまへはわたくしにたのんだのだ
ありがたうわたくしのけなげないもうとよ
わたくしもまつすぐにすすんでいくから
　　　（あめゆじゆとてちてけんじや）
はげしいはげしい熱やあへぎのあひだから
おまへはわたくしにたのんだのだ
　銀河や太陽　気圏などとよばれたせかいの
そらからおちた雪のさいごのひとわんを……
……ふたきれのみかげせきざいに

みぞれはさびしくたまつてゐる
わたくしはそのうへにあぶなくたち
雪と水とのまつしろな二相系《にそうけい》をたもち
すきとほるつめたい雫《しずく》にみちた
このつややかな松のえだから
わたくしのやさしいいもうとの
さいごのたべものをもらつていかう
わたしたちがいつしよにそだつてきたあひだ
みなれたちやわんのこの藍《あい》のもやうにも
もうけふおまへはわかれてしまふ
(Ora Orade Shitori egumo)
ほんたうにけふおまへはわかれてしまふ
あああのとざされた病室の
くらいびやうぶやかやのなかに
やさしくあをじろく燃えてゐる
わたくしのけなげないもうとよ
この雪はどこをえらばうにも
あんまりどこもまつしろなのだ
あんなおそろしいみだれたそらから
このうつくしい雪がきたのだ
　　　（うまれでくるたて
　　　　こんどはこたにわりやのごとばかりで
　　　　くるしまなあよにうまれてくる）
おまへがたべるこのふたわんのゆきに
わたくしはいまこころからいのる
どうかこれが天上のアイスクリームになつて
おまへとみんなとに聖い資糧《しりよう》をもたらすやうに
わたくしのすべてのさいはひをかけてねがふ

ストとうたわれた女優・鰐淵晴子《わにぶちはるこ》のピンナップである。私は毎日、その写真にキスをしていた。実はもうひとつの柱に貼っていた写真がある。新聞に載っていた女性の写真だ。和服を着た女性が、焼津《やいづ》だったか、浜に俯《うつぶ》せむせび泣いている。結婚したばかりの夫が、漁に出たまま帰ってこないという。

彼女の「哀しみ」を自分のものとしたかったのである。

我が家は不思議な家で、極貧から裕福な生活まで一通り体験している。幼少の頃は、満州からの引き揚げもあって、食うや食わずの乞食同然の生活だった。父がシベリアから帰還してからは生活が安定するも、貧乏であることは変わらず、一本の牛乳瓶を兄弟三人で分け合って飲んだ。

小学五年生のある昼休み、クラスで最も貧しい家の子が、ドッジボールをしている最中、町の有力者の息子に言いがかりをつけられ殴り倒された。私はそれを見るや猛然と走り寄り、いじめっ子の首根っこを摑《つか》むと、ひねり倒し、雨上がりの水溜《た》まりに顔を押しつけた。卑怯《ひきょう》な振る舞いが許せなかったのだ。

夕食時に父に報告すると、心から褒《ほ》めてくれた。

「弱い者を救ったんだな、貧しい者を救ったんだな、よくやった」

卑怯を憎むこと、および惻隠《そくいん》、すなわち弱者への涙こそが武士道精神の中核と、幼い頃から父に教わっていたのである。

私が小学校六年生の時に、父は直木賞を受賞し、作家として一人前となった。家計は少しずつ改善されていった。高校時代は、お金に困らない生活を送れるようになった。十代の私は、そこに危機感を抱いていた。自分は今、幸せだ。でも、ここに溺《おぼ》れてしまったら、人間にとって最も大切な惻隠を失ってしまう。人間のクズとなる。そう思った。

賢治の、妹への深い愛

裕福になった私は、その反動のごとく「弱者」や「不幸」を追い求めた。小林多喜二《たきじ》の『蟹工船《かにこうせん》』などのプロレタリア文学や、哀しみを描いた詩や小説を手当たり次第に読んだ。

そんな頃に出会ったのが、宮沢賢治の詩『永訣《えいけつ》の朝』である。賢治には二歳年下のトシという妹がいた。日本女子大を出てから花巻高女で教えていたトシと賢治とは、お互いを深く理解し精神的に支えあう兄妹《きょうだい》だった。ところがトシは結核に罹《かか》り、二十四歳で死の床についてしまう。『永訣の朝』は死を目前にした妹への絶唱である。

〈Ora Orade Shitori egumo〉

おらは一人で死んでいく——妹の言葉を、ここだけローマ字にしたのは、哀しみが大きすぎて日本語では記せなかったのだろう。

〈あめゆじゆとてちてけんじや〉

妹トシは、〈はげしいはげしい熱やあへぎのあひだ〉から、「雨雪（みぞれ）を取ってきてけんじゃ」と賢治に頼む。賢治は、幼い頃から自分や妹が使ってきた〈かけた陶椀《とうわん》〉を手に、〈てつぱうだまのやうに〉庭へ飛び出し、〈松のえだ〉のみぞれを掬《すく》う。

ここには妹の優しさがある。死に行く自分に、兄は「自分が何もしてやれなかった」と悔いるだろう。そう思わせないために、妹は兄に〈あめゆじゆ〉をねだるのだ。

賢治にもそれが分かっている。

〈うまれでくるたて／こんどはこたにわりやのごとばかりで／くるしまなあよにうまれてくる〉

今度生まれてくる時は、こんなに自分のことばかりで苦しむのでなく、他人のために苦しむ人間になりたい。トシの最期の言葉だ。何と美しい人だろう。

〈ありがたうわたくしのけなげないもうとよ／わたくしもまつすぐにすすんでいくから〉

まっすぐ――この素朴な言葉に、十代の私は感極まった。二十四歳の若さで逝《ゆ》くトシのためにも、賢治は、人生をまっすぐに進む、と誓ったのだ。心の芯の芯に響いた。自分もこれから、どんなことがあってもまっすぐに進もう。どんなに損を被《こうむ》ったとしても、周囲の人々から孤立することになろうと、曲がったことはすまい。正しいと信ずる道をまっすぐに進もう。私もトシに誓ったのだ。『国家の品格』で民主主義の本質的欠陥を指摘し、論理より情緒、自由平等よりも惻隠の情、と断言したことで、多くの人から罵詈雑言《ばりぞうごん》を浴び、英訳を読んだインド人の友人からは「不愉快な本だ」と絶交された。こんな時は『永訣の朝』を思い起こした。まっすぐに進むことを、この詩が教えてくれ、トシが力強く支えてくれた。

賢治にとって家族でいちばんの理解者であった妹トシ。病床のトシに賢治はつきっきりで看病したが、回復することはなかった。賢治自身は、妹の死の11年後、37歳で生涯を閉じる。妹の臨終をテーマにした『永訣《えいけつ》の朝』は、詩集『春と修羅《しゅら》』（大正13年刊行）に収録されている。

●宮沢賢治《みやざわけんじ》　明治29年、岩手県生まれ。農学校教師。生前に刊行されたのは詩集『春と修羅』、童話集『注文の多い料理店』の2冊のみで、死後評価が高まった。代表作に『風の又三郎』『銀河鉄道の夜』。

本書は、『サライ』（小学館刊）の連載「詩歌《うた》の品格」に大幅加筆・修正を加えたものです。

藤原正彦［ふじわら・まさひこ］

昭和18年（1943）、旧満州新京（現・吉林省長春）に、いずれも作家の新田次郎、藤原てい夫妻の次男として生まれる。数学者。東京大学理学部数学科大学院修士課程修了。お茶の水女子大学名誉教授。名エッセイストとしても知られ、昭和52年（1977）、『若き数学者のアメリカ』で、日本エッセイスト・クラブ賞を受賞。ベストセラー『国家の品格』、『ヒコベエ』、『管見妄語　失われた美風』、『国家と教養』、『本屋を守れ　読書とは国力』ほか、著書多数。

編集：大窪純一郎
編集協力：角山祥道

JASRAC 出2009347-001

我が人生の応援歌《エール》

—日本人の情緒を育んだ名曲たち—

二〇二〇年　十二月一日　初版第一刷発行

著者　藤原正彦
発行人　水野麻紀子
発行所　株式会社小学館
〒一〇一－八〇〇一　東京都千代田区一ツ橋二ノ三ノ一
電話　編集：〇三－三二三〇－五一一七
販売：〇三－五二八一－三五五五

印刷・製本　中央精版印刷株式会社

Printed in Japan ISBN978-4-09-825387-6